新文藝

中国现代文学大师读本

孙犁诗意小说

郭志刚 编

上海文艺出版社

目　录

序

郭志刚

一

出版社给这一本取名为“诗意小说”，这是有些道理的。多年来，很多读者已经这样看待和谈论着孙犁的小说了，出版社的取名，实在也不过是反映了读者的“公意”。

孙犁的家乡是河北省安平县，抗战前夕在白洋淀地方小学教书。1937年“七七”事变爆发，随即在家乡投入抗战工作。他活动的主要地区是晋察冀一带，主要工作是编刊物和教书，同时也从事写作，这样，他就走上了文坛，——正如他自己说的：“在这一地区，随着征战的路，开始了我的文学的路。”（《在阜平——〈白洋淀纪事〉重印散记》）这一时期，是中国人民革命精神激昂、高扬的时代，也是他的文字生涯最富有成果的时代，“现在回想起来，那时的写作，真正是一种尽情纵意，得心应手，既没有干涉，更没有私心杂念的，非常愉快的工作。”（《文字生涯》）正因如此，他后来屡次提到，抗战时代是他创作上的“黄金时代”，是他经历的“美好的极致”。接下去是解放战争，他这时虽然遇到了一些“左”的干扰（如在土改和某些文字工作中所受到的不公正的待遇和批评），但整个说来，他的创作状态仍然是良好的，心情也是愉快的。这一情况，一直延续到解放初期，“在解放初，战争时期的余风犹烈，进城以后，我还是写了不少东西。”（同上）1956 年，他病了一次。这一病就是十年，接下去就是“文革”了。在 1991 年写的一篇短文里，他终于这样总结了自己的创作时代：“人们常说，每个时代，有每个时代的作家。时代一变，一切都变。我的创作时代，可以说从抗日战争开始，到‘文化大革命’结束。所以，近年来了客人，我总是先送他一本《风云初记》，然后再送他一本芸斋小说。我说：‘请你看看，我的生活，全在这两本书里，从中你可以了解我的过去和现在，包括我的思想和感情。可以看到我的兴衰、成败，及其因果。”（《文事琐谈·文虑》）由这里，我们知道，他是把自己的生活和写作划为两个时期的，而他只承认，前一个时期是他的“创作时代”，是他的兴起的记录；而后一个时期，他虽然也写了不少文章，而且在读者看来，这些文章也写得非常漂亮，非常有价值，但已不被列入他的创作时代了。显然，他的感情是属于前一个时期的。

他的“诗意小说”自然也诞生在这个时期。抗战开始时，他才二十多岁，盛年时光，碰上了这样伟大的民族民主解放的新时代，作为自少年时代起就受到鲁迅、普希金等中外文学大师的熏陶，并且自己也是一个有理想、有才能的作家，能不热血沸腾、诗情洋溢？那时在打仗，脚下的土地在冒烟，人民在受苦，他和伙伴们也在到处奔波。但是，那是一个上升的时代，人们明白，每吃一分苦，都意味着向光明和胜利前进了一步；每度过一个夜晚，都将是太阳和希望同时升起。这样的岁月，如果按分、秒来计算，那就是在每一分、每一秒里都充满了乐观主义；如果按长度来计算，那就是“寸寸都有意思”（鲁迅语）。历史已经证明，这绝不是廉价的乐观主义，而是在生活的每一分钟里都得到了报偿的乐观主义；正因如此，他在晋察冀所谓“穷山恶水”之间度过的那一段日子，绝不是贫瘠的日子，而是富足的日子。你可以设想，在这样的日子里，让作家激动的事物太多了，——换句话说，可以成为他笔下的诗的东西太多了。“生活就像那时走在崎岖的山路上，随手可以拾到的碎小石块，随便向哪里一碰，都可以迸射出火花来。”(《在阜平》)这就是说，在他的生活里，到处都有诗。对于作家，达到如此地步，还不堪称富有？因为他所拥有的精神财富，实在太多了。试读下面的文字：

这二年生活好些，却常常想起那几年的艰苦。那几年，我们在山地里，常常接到母亲求人写来的信。她听见我们吃树叶黑豆，穿不上棉衣，很是担心焦急。其实她哪里知道，我们冬天打一捆白草铺在炕上，把腿舒在袄袖里。同志们挤在一块，是睡得多么暖和！……

那几年，吃的坏，穿的薄，工作得很起劲。先说抽烟吧：要老乡点兰花烟和上些芝麻叶，大家分头卷好，再请一位有把握的同志去擦洋火。大伙围起来，遮住风，为的是这唯一的火种不要被风吹灭。然后先有一个人小心翼翼地抽着，大家就欢乐起来。要说是写文章，能找到一张白报纸，能找到一个墨水瓶，那就很满意了，可以坐在草堆上写，也可以坐在河边石头上写。那年月，有的同志曾经为一个不漏水的墨水瓶红过脸吗？有过。这不算什么，要是像今天，好墨水，车载斗量，就不再会为一个空瓶子争吵了。关于行军：就不用说从阜平到王快镇那一段讨厌的砂石路，叫人进一步退半步；不用说雁北那趟不完的冷水小河，登不住的冰滑踏石，转不尽的阴山背后；就是两界峰的柿子，插箭岭的风雪，洪子店的豆腐，雁门关外的辣椒杂面，也使人留恋想念。……（《吴召儿》）

在一些人眼里，这些生活已是明日黄花，是不算新鲜，甚至于也不屑于再提的了。但总有人会知道，这里记的一切，并不仅仅是历史，而且还是一笔精神财富（正如作者所说："留在记忆里的生活，今天就是财宝。"），它的每一个细节，都联系着通向未来的高尚目标，这个"未来"，不仅包含着我们的今天，也包含着我们的明天。譬如说，倘若不是有人去趟那些冷水河，不是用身体去抵御雁北的寒风和敌人的枪弹，是不会有今天这样的生活环境的。同样，作者充满怀念之情所提到的那些细节——干草铺、墨水瓶、插箭岭的风雪、洪子店的豆腐等等，它们所体现或代表的，并不仅仅是一些简单的事实，而是一种重要的人生价值；倘若丢开这些，我们能理智地设想自己的明天吗？正如人类的祖先曾和野兽同处，后人永远不会轻视他们走出原始森林的第一步，更不会认为这一步和人类的今天没有关系，因为这里同样体现着人类向前、向上的奋斗精神。在历史发展的长河中，这种精神是永恒的。

话说远了，让我们回到本题上来。“诗意”，是一个多么诱人的字眼，它能使人听到歌声，嗅到花香，看见光明，甚至坠入梦境……总之，它拥有世界上一切美好的东西。这是我们今天容易对“诗意”产生的联想。但在艰苦的战争年代，能够从一捆白草、一根火柴发现“诗意”，能够把这些极其平凡而又微小的事物写得这样温暖、这样具有人情和理趣，那就不简单了，那必须是在感情上、信念上拥有这片“生活”——注意：不是“这片蓝天”，那时正在硝烟弥漫，没有蓝天——并且独具慧眼的人，才能做到。这样的“诗意”，发之于抗日军民的热血情怀，收之于四面楚歌的冰天雪地，是傲霜的寒梅，长夜的篝火，报晓的金鸡，千金难买，得来不易，决非哼哼唧唧者所能比拟。

况且，天道多变，时不再来，电光石火，追之不得，这样，这些“明日黄花”也就弥足珍贵了。

既然如此，那就让我们去充分地占有这些小说，去体味其中的“诗意”吧。但是，要做到这样，似乎也要有一个条件，那就是让我们也设身处地，回到过去的时代，像作家一样地去拥有那片“生活”。否则，“振动数”和“燃烧点”各不相同，甚至南辕北辙，那是不能进入艺术欣赏的。现在，就让我们借诗人的话，也来唱一遍吧：

你去，去寻那与我的振动数相同的人；
你去，去寻那与我的燃烧点相等的人。
你去，去在我可爱的青年的兄弟姊妹胸中，
把他们的心弦拨动，
把他们的智光点燃吧！（郭沫若：《女神·序诗》）

二

在孙犁的小说里，“诗意”以各种形式表现出来。例如《邢兰》，它的主人公在形体上是一个弱汉子："说话不断气喘，像有多年的痨症。眼睛也没有神，干涩的。"但他在精神上却是一个强汉子，这精神，甚至给他带来了非凡的体力和精力：在一个冬夜，他"赤着脚穿着单衫，爬过三条高山，探到平阳街口去。敌人就住在那里。等他回来，鲜姜台的机关人民都退出去。他又帮我捆行李，找驴子，带路……"还有一天，"我看见他从坡下面一步一步挨上来，肩上扛着一条大树干，明显的他是那样吃力，但当我说要帮助他一下的时候，他却更挺直腰板，扛上去了。当他放下，转过身来，脸已经白得怕人。……"是什么调动了他那瘦小身躯里的非凡的力量，使他几乎成了"超人"？回答只能是：一个美丽的灵魂。他从小放牛，因为吃不饱，生得矮小，落下气喘病。他不但没有文化，他的孩子甚至没有裤子穿。是抗战唤醒了这个纯朴而高尚的灵魂，他干起抗日工作来，那是不要命的，因此，"我愿意叫他'拼命三郎'。"拼命三郎——连这名字都颇能激起你的想象力（像诗那样）：他本来是弱者，因为做了拼命三郎，就变为超群的强者了；那时的中国也是这样，在强敌面前，它原是弱者，一当成为拼命三郎，它就反弱为强了。问题在于，邢兰式的拼命三郎，并非人人可为，而必须有一个美丽的灵魂（对于国家来说，就必须有一个美丽的"国魂"）。果然有一天，这个美丽的灵魂，以非常奇特的方式展示它的魅力了：

> 而竟在一天，我发现了这个家伙，是个"怪物"了。他爬上一棵高大的榆树修理枝丫，停下来，竟从怀里掏出一只耀眼的口琴吹奏了。他吹的调子不是西洋的东西，也不是中国流行的曲调，而是他吹熟了的自成的曲调，紧张而轻快，像夏天森林里的群鸟喧叫……

孩子没有裤子穿，他却有一只"耀眼的口琴"；他没有文化，又患气喘，却会追求音乐，去吹口琴。乍看之下，我们不免要摇摇头，表示不能理解这个矛盾。

但作者给我们揭开了谜底：

> 他曾对我说："我知道冷是难受……"这句话在我心里存在着，它只是一句平常话，但当它是从这样一个人嘴里吐出来，它就在我心里引起了这种感觉：

只有寒冷的人，才贪馋地追求一些温暖，知道别人的冷的感觉；只有病弱不幸的人，才贪馋地拼着这个生命去追求健康、幸福；……只有从幼小在冷淡里长成的人，他才爬上树梢吹起口琴。

这是作者的一个发现，这个叫“邢兰”的人，原来在他的生命中积压着这么多的热力，他需要有一只口琴，把这些热力化作灵魂的歌，用自谱的曲调演奏出来，正如夏天森林里的群鸟，要用喧叫展示它们生命的辉煌一样。明白了这些，我们会毫不怀疑，随着他的口琴的吹奏，流动出来的那些自由自在、自出机杼的音符，就是一首最动人的诗。

人的感情深处的东西毕竟是不容易发现的。但是，一个作家如果看不到人们灵魂深处、感情深处的东西，他所能够表现的“诗意”就很有限了。《邢兰》已经说明了这个问题，我们再来看看《琴和箫》，后者更出色地表现了作者是多么善于揭示人们灵魂深处的东西。

《琴和箫》说的是一对爱好音乐的夫妇及其两个女儿的故事。和邢兰不一样，这对夫妇是真正的音乐里手。他们一家都先先后后地参加了抗战，除了枪，他们常用的武器就是家里收藏的一把胡琴和一支洞箫，——这两样虽然简单，却能够演奏出人类极其丰富的内心感情的民族乐器，肯定被两代人的手摩挲得通体锃亮了。对于他们来说，音乐不仅是战斗的武器，也是生活（甚至是生命）中不可缺少的一部分："他们之间，看来已经养成这样一种习惯，女人与其和丈夫诉说什么，是宁可拉过箫来对丈夫吹一支曲子的。丈夫也能在这中国古老的乐器的音节里了解到爱人的要求和心情。这样把生活推演下去。……"更令人神往的是，当音乐代替了语言在他们心中默默交流的时候，他们的生命活动也处在极佳状态：这时，只见丈夫"望着他那双膝间的胡琴筒，女人却凝视着丈夫的脸，眼睛睁得很大，有神采随着音韵飘出来。她那脸虽然很严肃，但我详细观察了，总觉得在她的心里和在那个男人的心里，有一种共同的东西在交流。女人的脸变化很多，但总叫微笑笼罩着。"这一情况，甚至还"遗传"给了下一代。那是当友人和这位年轻的母亲辩论的时候：年轻的母亲相信自己的孩子会爱上音乐，而前者还有些迟疑。但他最后还是同意了母亲的意见：

我也觉得这孩子将来能够继承父母的爱好，也能吹唱。她虽然才八岁，当母亲吹箫的时候，她就很安静，眼里也有像她母亲那样的光辉放射出来了。

两次写到有神采随着音韵飘出来，一次比一次更深刻、更丰富。如果说，前一次表达的还只是一个乐手在演奏过程中的激情，是母亲一代人的音乐修养；那么，后一次表达的，就包括了一个未来乐手的激情，就是两代人的音乐修养了。因为后者写出了这个八岁的女童，自幼就生长在由父母营造的音乐气氛里，照科学家的“胎教”之说来看，从她生命开始之时起，这种良好的气氛就在感染和塑造美的艺术灵魂了。前人论艺，有“以一目尽传精神”的话，这里写的，可以说是到家了。对音乐不理解，没有陶醉于音乐生活中的诗意感觉，很难设想会写出上面说的种种意境，会创造出那样美的、富有诗意的艺术灵魂。

但这是一个惨烈的故事。在南胡的演奏者——丈夫牺牲之后，小说有这样一节文字：

孩子找到了南湖。我帮她定好弦，安放在她那小膝盖上，孩子就也望着那胡琴筒开始演奏了，但那声音简直是泣不成声，我支持不住自己，转过身去，探身窗外，月色多么皎洁，天空多么清冷啊！

短短的几句话，没有任何夸饰之词，但字里行间洋溢着的，全是天地正气，人间至情，可以说是一曲无韵的易水悲歌。后来，看起来大菱、二菱也牺牲了。这一次作者没有写他支持不住，而是用如花之笔，给我们织出了一个亦真亦幻的浪漫主义的结尾：

……晚间休息下来的时候，我遥望着那漫天的芦苇，我知道那是一个大帐幕，力量将从其中升起。忽然，我也想起在一个黄昏，不知道是在山里或是平原，远远看见一片深红的舞台幕布，飘卷在晚风里。人们集齐的时候，那上面第一会出现两个穿绿军装的女孩子，一个人拉南胡，一个人吹箫，演奏给人们听。

自然，这结尾也是诗的。可以说，整篇《琴和箫》，全是用诗的段落写成的。

大而言之，艺术的本质都是诗的，都是以诗意形式出现的。但在孙犁的小说里，这个特征是这样明显，我们很难发现他的哪一篇作品没有诗的段落、诗的句子。在《钟》里，他先用意象丰富的美丽词句，为自幼落发为尼、孤苦无告的慧秀织出了一个自由飞翔的梦："在慧秀，一个十几岁的女孩子，她从没有想过把自己拴在那个狭小的桩子上。她心里的天地很宽阔，她的希望很高；既没有母亲的抚爱，她就默默地修理着嫩小的羽毛。她觉得一旦自己的羽毛长成，谁能猜想她会飞到多么高的地方，多么远的地方呢?"接着，他又通过对生命的礼赞，使慧秀的命运反映出了本来的色彩："这个戴着黑色比丘帽的，还不到二十岁的女人"，在"无权"地享有了身孕之后，她体验到的，却是别人即将做母亲的幸福："那些红媒正娶有钱有主的人，那些新婚不久就怀上了孩子的人，身体的膨胀和突出对于她们是一种多么新鲜，多么幸福的感觉。就是在母亲的身边，她们也会微闭着眼睛，用手抚摸着肚子，心里微笑着，去感觉那里面小小的生命的跳动。她们默默祝告着这个小小的生命快快地平安地出世吧！那是她的一场天才的创造，光荣和名誉的源泉。”这些充满诗意的笔墨，好像为慧秀的命运谱上了不同的音符，使它变成了一支可以演唱的歌儿。在《浇园》里，当喷火似的烈日正燃烧着干旱的土地，他并未去过分渲染晒蔫了的庄稼和炙热的田野，却着意写了一朵花儿，“这是特意栽培的鬼子姜，它长起来，可以遮蔽太阳，一棵小葫芦攀延上去，开了一朵雪白的小花，在四外酷旱的田野里，只有它还带着清晨的露水。”显然，这朵花儿不只衬托了干旱的严重（干旱几乎窒息了周围所有绿色的生命，“只有它”还享有那么一点儿生命的泉水），也表示着生命的顽强和希望。这样写，无论从现象和本质上，都更全面地体现了干旱的意义：干旱带来了巨大的灾害，但并未绝了生的希望；一息尚存，大地还将复苏。只有诗的语言，才如此概括和凝练，并善于选取象征物来表达深刻的内容。还有，当浇园的姑娘劳累了一天，拖着疲倦的身子导引那位伤员（这是在她精心护理下从死神怀抱里抢救回的一位年轻战士，其意义正像她在烈日下拼命浇园，用清凉的泉水救活那些禾苗）回家的时候，作者再不提干旱的土地，却把视线投向天空：

天空里只有新出来的、弯弯下垂的月亮，和在它上面的那一颗大星，活像在那旷漠的疆场，有人刚刚弯弓射出一粒弹丸。

多么奇妙的想象！只有在这位姑娘付出的心血和汗水得到了报偿，她的心灵的窗户没有云翳相扰的时候，她的眼前才会出现这样的天空。因此，这天空代表的是现实，是一个姑娘的情绪和愿望。用分析一般小说语言的方法不容易了解它的确切含义，因为这是具有强烈的象征色彩的诗的语言，应该用读诗的方法去读这样的小说。

三

孙犁小说的诗意从何而来？回答还是：生活。譬如桃云杏雨，一片灿烂，远远望去，但见如烟似雾，光气琉璃。伸手去摸，却又摸不着。诗人见了，无以名状，便说是春意盎然。这“春意”，也可以翻成“诗意”。假如桃林不茂，杏园抛荒，这如烟似雾的红云粉雨从何而来？那时，就有十分春意，也要减去九分了。可见，“春意”是以树木为本的。

诗意则以生活为本。自然，有了生活，还并不等于有了诗，否则，诗人就太多了。当一个人有了一些生活阅历之后，他真正占有了多少生活，是否能将生活转化为艺术，还要看他对生活认识和体验的方式、程度如何，以及他的学识修养、艺术能力和价值取向如何，然后才能决定。所以前人说：“盖山川风土者，诗人性情之根底也，得其云霞则灵，得其泉脉则秀。”（孔尚任：《古铁斋诗集》）这些话，虽然稍嫌笼统，仍不失为艺术创作的纲。

孙犁高度评价农村这个广阔的生活天地，他认为像蒲松龄那样的大作家之所以获得成功，主要是因为从农村大地汲取了生活的乳汁。在这点上，他和蒲松龄没有什么不同。作为一位杰出的小说家，他不但具有深厚的生活根底，而且非常善于吸收和消化生活。他善于从记忆中召唤出那些哪怕已经变得十分模糊的人物，使之化为具有时代色彩的鲜明形象。他在战争年代里写的许多小说，固然取材于当时当地，但也常常上溯童年，使童年的梦幻成真。而童年的梦幻往往是富有诗意的。这是说，一个人生活的根须扎得越深、越久，那诗意也就越浓。在这点上，生活像酒。让我引用自己文章里的一段话：

孙犁作品中的许多人物，按照他们的生命和活动时间来说，比孙犁从事创作的时间更要久远一些，至今已超过半个世纪了。其中有些人物，还在作家的幼年时代，就已经在他童稚的心灵中萌生了。那个时候，他还没有想到当作家，更不会想到那些陪伴他度过了童年的人们，有朝一日会演变成为文学作品中的艺术形象。这只是说，作为一个作家，构成他的文学创作的某些因子，还在他刚刚记事的幼年时代，就已经悄悄孕育着了。正是："胚胎未成，亦物之始也。"

例如，他曾说过，像中篇小说《铁木前传》、短篇小说《光荣》等等，就是他"有关童年的回忆"，是他"当时思想感情的体现"，其中充满他"童年时代的欢乐和幻想"……

孙犁作品中的许多人物，虽然很早就以胚胎形式在他的记忆里沉睡着，但作为艺术形象而焕发光彩，却在他创作的"黄金时代”，即抗战时期。时代给了他激情和智慧，帮助他找到了表现这些人物的大好机会。这几乎是一个规律：例如鲁迅，他笔下的那些农民，也是在幼年时代就接触过或结识过的，就留下了各种不同程度的印象的；但只有在五四时代，当他以革命先驱者的姿态，对历史和广大农民的命运进行深入思考的时候，才产生了闰土、阿Q……等具有崭新的美学意义和社会意义的典型形象。这再次说明，艺术生命孕育于作家的生活，甚至是童年的生活，它们在形成艺术形象的长途中，往往要经过一片“沼泽地”，即一个模糊的阶段。鲁迅小说中的人物，得自童年的生活，具有革命的启蒙意义，则在五四时代。这就是说，直到这个时候，他笔下的那些人物才变得明朗起来。孙犁笔下的人物，大体上也走着这样的路，时代的春雷，召唤出了他无数的童年的梦境，那些大大小小、或隐或现的人物，带着新的色彩、新的意义争先恐后地跳了出来，加入了时代的行列。“我的写作习惯，写作之前，常常是只有一个朦胧的念头。”“所谓朦胧的念头，就是创作的萌芽状态，它必须一步步成长、成熟，也像黎明，它必然逐步走到天亮。”（《关于〈铁木前传〉的通信》）这是一位严肃的现实主义作家的内心自白，它必然也表现着现实主义创作的某些共同规律。无论是鲁迅或是孙犁，他们笔下的那些光彩照人的艺术形象，都是随着作家生活和思想的成熟而成熟起来的，是响应着时代的召唤应运而生的。

孙犁的小说具有非常强烈的浪漫主义精神，但他仍然喜欢把它们划入现实主义的范畴。他十分强调作品的现实基础，我十几年前就听他说过：连虚幻的海市蜃楼也必须由实体产生，何况作品？后来又在他的文章里读到了这样意思的话。写实是他的一贯主张，也是他的一贯实践。对于写实，他执著到了甚至崇奉“实录”的程度，他很欣赏班固的一段话：“善序事理，辩而不华，质而不俚，其文直，其事核，不虚美，不隐恶，故谓之实录。”并说：“希望当代文士们，以这三十个字为尺度，衡量一下自己写的文字：有多少是直的，是可以核实的，是没有虚美的，是没有隐恶的。”[《读〈史记〉记（上）》] 这是讲的一般为文之道，小说虽可天马行空，驰骋想象，就其实质而言，也应接受它的检验。历史证明，孙犁的小说通过了这一检验。

他如此强调写实，不仅没有冲淡他的小说的诗情画意，反而使之获得了更大的成功。例如他的名篇《荷花淀》，当女人听丈夫说了他参军的消息后，最初的反应仅是“手指震动了一下”，接着，又听丈夫说他是“第一个举手报了名”时，她只说了一句：“你总是很积极的”，便不再说了。当丈夫把话题带入讨论家里（还有村里）的种种实际问题时，那对话仍然采取着极其朴素的形式，不过是：“你走，我不拦你，家里怎么办？”“你明白家里的难处就好了。”丈夫说的则是：“千斤的担子你先担吧，打走了鬼子，我回来谢你。”“不要叫敌人汉奸捉活的。捉住了要和他拼命。”形容的语言也很简单，有：“女人鼻子里有些酸，但她并没有哭。”“女人流着眼泪答应了他”……等等。通篇描写，称得上是辩而不华，质而不俚，文直事核，不拔高人物，也不掩盖局限，但其中表现的夫妻之情、家庭伦理和民族大义，反而更加纯朴动人，当晚情景（我们知道，那是一个有月亮的夜晚）和人物的音容笑貌也更加令人难忘，这种境界，浮华的文字——不管它在形式上多么像诗——是绝对达不到的。

艺术的真善美是一个统一的整体，没有真，善和美都失去了依托，哪里还有诗情画意？所以，孙犁的小说，是特别在这个“真”字上下了功夫的。他讲的“真”，包括记事之真和感情之真，这从他的许多论述里都可以看得出来：“真实的朴素的表现一种事物，确实比喊叫着夸张着表现困难得多，但这正是现实主义较之那些空洞地渲染和虚伪地抒情更为可贵的地方”(《契诃夫——纪念他逝世五十周年》)。“你没有见过的，就不要去写。你见到了，没有什么感情反响，也不要急着去写。你的思想没有那么高，不一定强把它抬高，暂时写得低一点，倒会真实一些。”“‘实谷不华’，‘至言不饰，至乐不笑’。真诚和真实，不只是哲学领域中可宝贵的道理，在创作上，也是应当引为借鉴的。”(《关于诗》）这些，全是由他的创作实践印证过的非常宝贵的见解。

他对真实的追求，直接落实到细节描写上：“艺术所重，为真实。真实所存，在细节。无细节之真实，即无整体之真实。”(《朋友的彩笔》）细节描写像创作过程中的“尖兵”，艺术上的深化或突破，有时要靠它们。例如，倘若没有邢兰吹的那只口琴，我们便看不到他灵魂中的那道最后的闪光，邢兰的性格，也没有我们现在看到的这样内向、深刻；同样，假如《琴和箫》中没有写出随着音韵飘出来的那两个眼神，这篇小说也将为之减色。多读几篇孙犁的小说，我们会很容易地发现他是善于驾驭细节描写的艺术大师。

他主张“真实的朴素的表现一种事物”，但如果认为他不追求语言辞藻，那就是误会了。他说：“辞藻——语言的作用，绝不可忽视。此文人之法宝，久炼而成：小说之精华，非此莫属。”（《读唐人传奇记》）孙犁小说的语言之美，在读者中间是早有口碑的。像大家都熟悉的：“这女人编着席。不久在她的身子下面，就编成了一大片。她像坐在一片洁白的雪地上，也像坐在一片洁白的云彩上……”（《荷花淀》）这类描写，在孙犁的小说里比比皆是。它们很美，但是不伤自然。可以设想，假如他没有这些“久炼而成”的精彩语言，他的小说里一定不会有这么多诗情画意了。

邢　兰

我这里要记下这个人，叫邢兰的。

他在鲜姜台居住，家里就只三口人：他，老婆，一个女孩子。

这个人，确实是三十二岁，三月里生日，属小龙（蛇）。可是，假如你乍看他，你就猜不着他究竟多大年岁，你可以说他四十岁，或是四十五岁。因为他那黄藁叶颜色的脸上，还铺着皱纹，说话不断气喘，像有多年的痨症。眼睛也没有神，干涩的。但你也可以说他不到二十岁。因为他身长不到五尺，脸上没有胡髭，手脚举动活像一个孩子，好眯着眼笑，跳，大声唱歌……

去年冬天，我随了一个机关住在鲜姜台。我的工作是刻蜡纸，油印东西。我住着一个高坡上一间向西开门的房子。这房子房基很高，那简直是在一个小山顶上。看西面，一带山峰，一湾河滩，白杨，枣林。下午，太阳慢慢地垂下去……

其实，刚住下来，我是没心情去看太阳的，那几天正冷得怪。雪，还没有融化，整天阴霾着的天，刮西北风。我躲在屋里，把门紧紧闭住，风还是找地方吹进来，从门上面的空隙，从窗子的漏洞，从椽子的缝口。我堵一堵这里，糊一糊那里，简直手忙脚乱。

结果，这是没办法的。我一坐下来，刻不上两行字，手便冻得红肿僵硬了。脚更是受不了。正对我后脑勺，一个鼠洞，冷森森的风从那里吹着我的脖颈。起初，我满以为是有人和我开玩笑，吹着冷气；后来我才看出是一个山鼠出入的小洞洞。

我走出转进，缩着头没办法。这时，邢兰推门进来了。我以为他是这村里的一个普通老乡，来这里转转。我就请他坐坐，不过，我紧接着说：

“冷得怪呢，这屋子！”

“是，同志，这房子在坡上，门又冲着西，风从山上滚下来，是很硬的。这房子，在过去没住过人，只是盛些家具。”

这个人说话很慢，没平常老乡那些罗嗦，但有些气喘，脸上表情很淡，简直看不出来。

“唔，这是你的房子？”我觉得主人到了，就更应该招呼得亲热一些。

“是咱家的，不过没住过人，现在也是坚壁着东西。”他说着就走到南墙边，用脚轻轻地在地上点着，地下便发出空洞的通通的声响。

“呵，埋着东西在下面?”我有这个经验，过去我当过那样的兵，在财主家的地上，用枪托顿着，一通通地响，我便高兴起来，便要找铁铲了。——这当然，上面我也提过，是过去的勾当。现在，我听见这个人随便就对人讲他家藏着东西，并没有一丝猜疑、欺诈，便顺口问了上面那个话。他却回答说：

“对，藏着一缸枣子，一小缸谷，一包袱单夹衣服。”

他不把这对话拖延下去。他紧接着向我说，他知道我很冷，他想拿给我些柴火，他是来问问我想烧炕呢，还是想屋里烧起一把劈柴。他问我怕烟不怕烟，因为柴火湿。

我以为，这是老乡们过去的习惯，对军队住在这里以后的照例应酬，我便说：

“不要吧，老乡。现在柴很贵，过两天，我们也许生炭火。”

他好像没注意我这些话，只是问我是烧炕，还是烤手脚。当我说怎样都行的时候，他便开门出去了。

不多会，他便抱了五六块劈柴和一捆茅草进来，好像这些东西，早已在那里准备好。他把劈柴放在屋子中央；茅草放在一个角落里，然后拿一把茅草做引子，蹲下生起火来。

我也蹲下去。

当劈柴燃烧起来，一股烟腾上去，被屋顶遮下来，布展开去。火光映在这个人的脸上，两只眯缝的眼，一个低平的鼻子，而鼻尖像一个花瓣翘上来，嘴唇薄薄的，又没有血色，老是紧闭着……

他向我说：

“我知道冷了是难受的。”

从此，我们便熟识起来。我每天做着工作，而他每天就拿些木柴茅草之类到房子里来替我生着，然后退出去。晚上，有时来帮我烧好炕，一同坐下来，谈谈闲话。

我觉得过意不去。我向他说：

“不要这样吧，老邢，柴火很贵，长此以往……”

他说：

“不要紧，烧吧。反正我还有，等到一点也没有，不用你说，我便也不送来了。”

有时，他拿些黄菜、干粮给我。但有时我让他吃我们一些米饭时，他总是赶紧离开。

起初我想，也许邢兰还过得去，景况不错吧。终于有一天，我坐到了他家中，见着他的老婆和女儿。女儿还小，母亲抱在怀里，用袄襟裹着那双小腿，但不久，我偷眼看见，尿从那女人的衣襟下淋下来。接着那邢兰嚷：

“尿了！”

女人赶紧把衣襟拿开，我才看见女孩子没有裤子穿……

邢兰还是没表情地说：

“穷的，孩子冬天也没有裤子穿。过去有个孩子，三岁了，没等到穿过裤子，便死掉了！”

从这一天，我才知道了邢兰的详细。从小就放牛，佃地种，干长工，直到现在，还只有西沟二亩坡地，满是砂块。小时放牛，吃不饱饭，而每天从早到晚在山坡上奔跑呼唤。……直到现在，个子没长高，气喘咳嗽……

现在是春天，而鲜姜台一半以上的人吃着枣核和糠皮。

但是，我从没有看见或是听见他愁眉不展或是唉声叹气过，这个人积极地参加着抗日工作，我想不出别的字眼来形容邢兰对于抗日工作的热心，我按照这两个字的最高度的意义来形容它。

邢兰发动组织了村合作社，又在区合作社里摊了一股。发动组织了村里的代耕团和互助团。代耕团是替抗日军人家属耕种的，互助团全是村里的人，无论在种子上，农具上，牲口、人力上，大家互相帮助，完成今年的春耕。

而邢兰是两个团的团长。

看样子，你会觉得他不可能有什么作为的。但在一些事情上，他是出人意外的英勇地做了，这，不是表现了英勇，而是英勇地做了这件事。这英勇也不是天生的，反而看出来，他是克服了很多的困难，努力做到了这一点。

还是去年冬天，敌人“扫荡”这一带的时候。邢兰在一天夜里，赤着脚穿着单衫，爬过三条高山，探到平阳街口去。敌人就住在那里。等他回来，鲜姜台的机关人民都退出去。他又帮我捆行李，找驴子，带路……

邢兰参与抗日工作是无条件的，而且在一些坏家伙看起来，简直是有瘾。

近几天，鲜姜台附近有汉奸活动，夜间，电线常常被割断。邢兰自动地担任做侦察的工作。每天傍晚在地里做了一天，回家吃过晚饭，我便看见他斜披了一件破棉袍，嘴里哼着歌子，走下坡去。我问他一句：

“哪里去?”

他就眯眯眼：

“还是那件事……”

夜里，他顺着电线走着，有时伏在沙滩上，他好咳嗽，他便用手掩住嘴……

天快明，才回家来，但又是该下地的时候了。

更清楚地说来，邢兰是这样一个人，当有什么事或是有什么工作派到这村里来，他并不是事先说话，或是表现自己，只是在别人不发表意见的时候，他表示了意见，在别人不高兴做一件工作的时候，他把这件工作担负起来。

按照他这样一个人，矮小、气弱、营养不良，有些工作他实在是勉强做去的。

有一天，我看见他从坡下面一步一步挨上来，肩上扛着一条大树干，明显的他是那样吃力，但当我说要帮助他一下的时候，他却更挺直腰板，扛上去了。当他放下，转过身来，脸已经白得怕人。他告诉我，他要锯开来，给农具合作社做几架木犁。

还有一天，我瞧见他赤着背，在山坡下打坯，用那石杵，用力敲打着泥土。而那天只是二月初八。

如果能拿《水浒传》上一个名字来呼唤他，我愿意叫他“拼命三郎”。

从我认识了这个人，我便老是注意他。一个小个子，腰里像士兵一样系了一条皮带，嘴上有时候也含着一个文明样式的烟斗。

而竟在一天，我发现了这个家伙，是个“怪物”了。他爬上一棵高大的榆树修理枝丫，停下来，竟从怀里掏出一只耀眼的口琴吹奏了。他吹的调子不是西洋的东西，也不是中国流行的曲调，而是他吹熟了的自成的曲调，紧张而轻快，像夏天森林里的群鸟喧叫……

在晚上，我拿过他的口琴来，是一个蝴蝶牌的，他说已经买了两年，但外面还很新，他爱好这东西，他小心地藏在怀里，他说："花的钱不少呢，一块七毛。"

我粗略地记下这一些。关于这个人，我想永远不会忘记他吧。

他曾对我说："我知道冷是难受……"这句话在我心里存在着，它只是一句平常话，但当它是从这样一个人嘴里吐出来，它就在我心里引起了这种感觉：

只有寒冷的人，才贪馋地追求一些温暖，知道别人的冷的感觉；只有病弱不幸的人，才贪馋地拼着这个生命去追求健康、幸福；……只有从幼小在冷淡里长成的人，他才爬上树梢吹起口琴。

记到这里，我才觉得用不着我再写下去。而他自己，那个矮小的个子，那藏在胸膛里的一颗煮滚一样的心，会续写下去的。

1940年3月23日夜记于阜平

走出以后

南郝村虽然说不上什么山光湖色，有出奇的风景可看，却是大平原田园本色。围村一条堤，堤外接连不断已经收割起庄稼的田亩，杨柳树也很多。村西有一条大河绕过，隔河望去，又是一围村庄，一片田亩苇坑麻地。倘在夏秋两季，也一定有些风光景致。

正是冬天，快要过旧历年了，我在这村子住下。房东老伴两个，待我很好。那男的，属于乡村的要着女人眼色行事的那一种，但对熟人也能谈论一番。女的干净利落，能说会道，顶多半个男人，据说事变前有些“潦倒气”，可也没有大不好，只是成成女人赌局，取乐抽头，现在连这个也免了。

房东只有个女儿，今年十八岁。从小娇惯，抗战以来，更当男孩子看待，说一不二。我们不久就熟起来。这姑娘，在多么生人面前也没红过脸，忸怩过。听说我又是一个乡亲同志，就更随便一些。

我的习惯，不喜欢女人那一种张狂，她却以张狂为能事，也是她的习惯。说话哼哼唧唧，不撇嘴就跺脚。我最不爱看她那走路的样子，特别在大街之上，两只手垂直，手心向后，稍稍外张，两个脚尖向里靠，两只眼睛看着脚尖前行，两手就急急摆动。远远望去，使人想到鸭子浮水，我一见，就笑。既然在空气里走动，为什么把两只手当做蹼来运动呢？难道以为人会在空气里沉底，害怕淹死吗？

她却交游很广，认识许多女孩子，不但本村，外村也有许多姐妹。同时，她的好处也很多。为人慷慨，大有母亲作风，对抗日工作热心，敢出头，所以也着实令人赞佩。

不久，她一定要去升学。我写了一封信，介绍她到抗属中学附设的卫生训练班去试试，却录取了。回来，和她母亲说了没三句话，搬起脚来叫我看看鞋底，说是磨破了；就跑到街上去，找她的伙伴们去了，气得她母亲埋怨半天。到夜晚回来，带来一个同她年岁差不多，比起她那细长个子，算个中等身材，比起她那尖长脸，算是圆脸，细眉大眼的女孩子来。说是她一个干妹妹，也要去升学，叫我写介绍信。

当时我不明底细，只随便谈了谈，房东姑娘却在一边笑。那个新来的叫王振中，自己说十七岁，家里愿意叫她出去。这个女孩子说话声音低，但听来很清楚响亮，老是微笑着，还有些害羞。说话和房东姑娘不同，很少流行的新名词，但是道理说的也很明白，叫人相信；只是在说话中间，有时神气一萎，那由勇气和热情激起的脸上的红光便晦暗下来，透出一股阴暗；两个眉尖的外梢，也不断簌簌跳跃，眼睛对人有无限的信赖。她把要说的说完，就要走；我也随便答应，明天再说，可以写个信去考考。

女房东是没事，也要一天找我谈上一个甚至两个钟头的。她的道理是：同志住在家里不分彼此，这样才显得亲近，何况我是一个乡亲，和别人就更不同些，有东西随便拿着吃就是了，她有什么话也就全告诉我，叫我出个主意。这回，王振中走了，她就过来，和我讲说了王振中的家：王振中是这村北头赶大车王六儿的女孩子，也是独生女，家里虽然穷，但也因为这孩子从小就仁义懂事，爹娘也娇养惯了的。前几年王六儿死在保定城了。她是从小许给本村在北平开店发家的黄清晨的儿子了，趁着那年荒乱，她母亲就把女儿送过婆家去，那时女婿不能回来，就叫小叔子代娶了一下，这样算交卸了为娘的责任。

但那婆家并不叫这女孩子应心满意。女孩子很要强，处处怕落在人后面，处处怕叫人说不好，经不起一个背后的指点；一句闲话，可以使她盖起被子哭上半夜。可是公公在村里名声最不好，没人愿意招惹。事变以前，仗着那座店，臭酸臭美不和凡人说话，没缝也要下蛆，霸人霸地全干过。年月变了，这就不时兴，可是架子放不下。先是明着说坏话，村里送了他一次公安局，回来就变了样，见了骑马的挂枪的，区里的县里的，就狗舔屁股突地奉承，背地里却还是冷言冷语，最瞧不起村干部；这样，在村里人缘坏透了，有名的顽固分子。

这孩子的苦处就多了，在家里怕他们，整天整夜听那些没盐没醋的淡话，又不能塞住耳朵；出门见人就害臊，这年月，年轻妇女又不能不见人，在那些会场上总是看着她不像别人那样舒展，可是对抗日工作很要强，小姐妹们也知道她好。她说起话来就要离开这个家。

果然第二天太阳还没出来，王振中就来了。换了一身黑棉袄棉裤，袄很长大可体，裤脚很瘦，头发修剪的更短了，脖里围一条新毛巾，按着冀中区流行的青年妇女打扮起来，挟了个包裹。我说：

“信可以写，上学是好事，可是你和你婆家说好了没有？”

她红着脸说：

“这是我情甘乐意，谁也管不了我。我和他们讲好了。你看我才从婆家出来，这鞋还是在那里拿的呢。”

我终于写了封简单的信，叫她去试试。临走，我说用不着带包裹，这是去考啊，不一定能录取。但她没答话，便催着房东的女儿走了，从门前堤上跳过去，走得非常快。

第二天后半天我刚回到家里，就有那村的小学教员找来。是一个女教员，原也见过，但没说过话；一进门，她就哭丧着脸，一靠，坐在临隔扇门的炕沿上，吞吞吐吐地说：

“同志，我有个问题和你谈谈。”

“什么问题?”我靠在迎门橱上。

“杏花和王振中全是你介绍她们出去的吗?”

“我写了封介绍信去叫她们投考。”

“这有点不合组织系统吧?”

我说：

“杏花录取以后要去上学的时候，我叫她去和你、妇救会主任商量过，去考的时候，我问过村教委。我不会忘记组织系统。杏花走的时候，你还送她好远，不能说不知道。至于王振中，因为她走的匆忙，也不过是试一试，你不愿意让她去?”因为她是一个女同志，我竟有些气愤。

“我倒没什么，只是学校里，就是她两个大些，有些工作要她们做。还有王振中的婆婆，找我哭过好几次，我没法应付啊。”

“要那样，怎样办呢?”

结果倒是她先转悲为喜说：

“她出去很好，我还能拦着！只是来问问，请你不要误会。”

我把她送走，女房东又照例过来了。她说女先生也很明白，不过杏花和王振中和她很好，在校里也帮她做做饭做做针线，这一走，不免就像失了膀臂。可是抗日是件大事，谁也不该拦着啊。我听了这些话，想道：“倒是这老太太比这个女教员明白些。”自己就坐在炕上看起书来。不多一会，有一个小孩子脸从窗户的小玻璃镜往里一探，等我回过头来，他已经抱着房东那只新下的小黑羊羔跑出去了。

不到一顿饭工夫，就有一个三十多岁的女人来到院里。我从小镜子望出去，她头上罩着一条红色包头，像是新病起来，或是坐了月子。她先放轻脚步到房东屋里去，和女房东嘟哝了一会，就故意张扬着到我房子里来，一进门就是：

“主任在屋里吗？”

“我不是主任。”我说，让她坐。女房东也跟过来说：这是振中的婆婆。

那婆婆小心小意地挑拣着话说：

“我是说打听打听振中她们在哪村住，想去看看她。她走我也不拉她，你问问我这个嫂子，我是多么疼她。就不该走时连句话也不讲。”

女房东也就笑着插进来说：

“那天她竟没说，和她娘说到婆家去，到了婆家拿了一双鞋，又说娘身子不舒服，过几天再来长住，这样就走了，我也不知道她这样，杏花也不知道。这孩子捣鬼。”

我说：

“依我看，王振中同志的认识和她那程度，出去上上学好啊，比你们待在家里，一辈子围着锅台、磨台转不好？我们要看远一些，出去对她好，对国家也好。”

那婆婆挂着笑紧接上来：

“这道理我还不明白？你问她大娘，我可是不明白的？我们当家的以前糊涂，我还常劝他呢。对街面上的事，我可没落过后，就是俺当家的也不过嘴直心快，得罪了人，才出了那桩子事。抗日谁不赞成，八路军谁说不好，像主任……”

“我不是主任！”我再度申明。

“像你们这么斯文，好说话，谁不赞成？上级都好，我们家里也常住上级。只是，我们得罪了村里的人……我们当家的就吃了亏。”

“你们当家的为什么不来呢？”我问。

“他，他身子不舒服，也是想振中想的。他叫我来问问，求……

你写封信，他去看看振中。”

我心里突然一紧缩，一冷。她却跟上前来，拿起我那蘸水钢笔：

“怎么你还使这个钢笔？现在就是那些村干部，大字认不到一升，也还使支有打水机的钢笔呢！”

“我使用惯了，也一样能写。”

“还是你们艰苦。”她叹口气，又摸摸我炕上铺的破棉被，“哎呀，你怎么就用这个铺盖，像你们这上过大学堂，走京串卫的人，丝绸被子也盖过不少了吧，这是从村公所借来？”

“唔。”

她转身望望女房东：

“她大娘也不知道照应人！就该把咱家那拆洗过的被褥拿出来叫同志盖呀！我们家住了上级，我总是把待客用的被褥给他们。你们，还没个枕头，枕什么呀？”

“枕书，枕不惯枕头了。”

女房东显然有些不高兴了，就说：

“俺家比不上你方便呀。可是对待同志，咱也没小气过，谁在俺家住过谁知道我这个人实在，只是不会花言巧语罢了。这同志来我也拿出过新拆洗的被子给他，他不要。”

好像那婆婆并没理会，就又拿起我那钢笔来左看右看，一会说：

“这也不丑啊，俺家那老二，非要他爹买支打水机钢笔，我看这也做得很精致。”紧接着就眼望着我恳求，“你这里纸笔砚台既然这样方便，就给俺们写个信吧，要不就用——”她慌忙从怀里拿出一个红签信封，一张八行信纸，“俺们这个。”

我拒绝了她！我说我不知道那学校今天转移到哪里去了；再说王振中是去投考，考不上，就会回来。她却抓住了理：

“那俺们振中不是也没了踪影吗?”

“丢不了她，丢了我赔。”

“不过是为老人的瞎操心罢了。”

这样，我在南郝村过了旧年。正月间，冀中各地非常热闹，抗属中学驻的村子里，有五千个中学生参加大检阅，其中有一千七百个是女生。早晨，在会场上，我看见王振中穿了黑色棉军装，外罩一件长大的棉背心，背包、挂包、小碗、防毒口罩，一色齐全，和那些小同学一样站在队里。她的脸更红、更圆，已经洗去了那层愁闷的阴暗；两个眉梢也不再那样神经质的跳动，两片嘴唇却微微张开，露着雪白的牙齿，睁着大眼望着台上讲话的程子华同志的脸，那信赖更深了。

那个村庄，正在滹沱河和沙河之间。村边便是一片沙滩，上面一排高大的白杨树，道旁有一座小小的新建筑，长方形，青色石头的，本县阵亡烈士的纪念碑，上面题着新体诗句。一天早晨我正在杨树林里和一个老乡谈这一带的白菜和红薯的产量，王振中穿了护士的白布罩单和翻卷的白布单帽走过，手里还托了一个药瓶。看见我，大远跑来，敬了礼，问过我怎样到这里来，我的女房东身体好不好，小羊羔长大了没有，才微笑着听我对她的问话：

"听说你婆家从北平把你……叫回来，像有什么打算，来找过你吗?"

"找过。"她又红了脸，但随着就平静流利地谈下去，"他们一家人全来了，男兵女将，就是把北平来的打起埋伏，直找到队长跟前去，要我回去。起先队长还要我回去看看，等我把事情说明白，说回去了就不会再有王振中了，队长才说你自己解决吧。可不是我自己解决，我已经向县政府告了状，和他们离婚；不是离婚，解除婚约。这就一干二净，再说我也还不到结婚年龄……"

临走时，她说今天是看护实习，刚给一个伤员上了药。我问她那是什么药，她用德文告诉我那药的名字。

1942 年 8 月

琴和箫

去年，我回到冀中区腹地的第三天，就托了一个可靠的人到河间青龙桥去打听那两个孩子的消息。过了一个星期，送信人回来说，她姐妹两个在今年春天就参加了分区的剧社，姐姐已经登台演奏过，妹妹也会跳舞。社长很喜欢她们。抚养她们的衰老的外祖父，也带给我一封用旧账篇写的信，谢过我的费心，好像很愉快。在信的末尾他又想起死去的姑爷，久不通音讯的女儿……泪痕还可以辨认。但是那总的感情，我看出来，老人是很振奋的。

这老人也是个音乐爱好者。直到今天他还领导着本村的音乐队。他钟爱自己独生的女儿，和钟爱他那笙笛胡琴一样。他竭力供给女儿上学，并且鼓励她要和一个音乐能手结婚，哪怕是一个穷光蛋，只要十个手指能够拨弄好丝弦，两片嘴唇能吹好竹管。这样我那朋友钱智修就入选了。

接到老人的信，我也长出一口气，这代表我自己，也代表我那死去的朋友。这样他可以瞑目了。而我也像那老人了却一件挂心事一样，甚至不想去看看她们。我想她们既是入了这个园地，就会有人浇灌培养，热情和关照不会比我差。人多，伙伴多，一定比我还要周到。算来，大的孩子已经十三岁，小的是十一岁了。

我同她们的父亲虽然是同乡，但是在抗战刚开始，家乡正在混乱的时候才搅熟了。那时候，我闷在家里得不到什么消息就常到他那里去，一去就谈上半天，不到天晚不回家。在那些时候，我要求几次，他才肯把挂在墙上的旧南胡，拉去布套，为我，在他也许是为他自己，奏几支曲子。在那些时候，女人总是把一个孩子交到我的怀里，从床头上拉出一支黑色的竹箫来吹。我的朋友望着他那双膝间的胡琴筒，女人却凝视着丈夫的脸，眼睛睁得很大，有神采随着音韵飘出来。她那脸虽然很严肃，但我详细观察了，总觉得在她的心里和在那个男人的心里，有一种共同的东西在交流。女人的脸变化很多，但总叫微笑笼罩着。

他们之间，看来已经养成这样一种习惯，女人与其和丈夫诉说什么，是宁可拉过箫来对丈夫吹一支曲子的。丈夫也能在这中国古老的乐器的音节里了解到爱人的要求和心情。这样把生活推演下去。

但是，过去的二十八年里，他们的生活如同我的生活一样，是很少有任情奔放的时候。现在，生活才像拔去了水闸的河渠一样，开始激流了。所以，我的友人不愿意再去拉那只能引起旧日苦闷的回忆的胡琴。

不久，他就参加了那风起云涌一样的游击队。女人却留在家里一个时期，因为还有两个孩子，就是现在我说的大菱和二菱。那个女人比起我的朋友来，更沉默些，但关于她的孩子的事，是很爱谈论的。就在那些时候，我去拜访他们，也常从孩子的病说到奶的不够用，说到以后的日子。她很少和我谈音乐上的事，因为我虽然常自称很懂得音乐并且也非常爱音乐，她总不相信。她说一个人爱什么早就应该学习了，早就应该会唱会奏了，不会唱不会奏，那就是不爱。

有一次，我指着怀里的大孩子说：

"你说大菱爱好音乐么?"

"爱!"

"她也不会唱不会演奏啊。"

"好，这么大人和孩子比。"

我也觉得这孩子将来能够继承父母的爱好，也能吹唱。她虽然才八岁，当母亲吹箫的时候，她就很安静，眼里也有像她母亲那样的光辉放射出来了。

那母亲说的，爱好什么就该去做什么。不久，她就同丈夫一同到军队里去了。把孩子送到河间的年老的父亲那里去。大菱爱好音乐不久也证明了，那时已经丧失了南胡的演奏者，孩子们还不能即刻去射击，但也知道爱好复仇的战争了。

敌人进攻我们的县城，我的朋友同他的部队在离县城十五里地的沙滩迎击，受伤殒命。那时正是春天。孩子们的母亲赶回来，把他埋葬了。在我看来，这样一个丈夫对她是不能失去，失去就不能再有，甚至连她也就失去了生活的主持，在心里失去了主张。她把孩子们接来，又到家里整理了一下我的朋友的遗物。她和我商议，把大菱交给我看管，她带着二菱去。因为孩子们要受教育了。临走，她把那个布满灰尘的南胡给我们留下，她和二菱带走了箫。我想箫对她或者有用。至于胡琴只是在第一个夜晚、大菱从梦里醒来，哭着叫妈的时候，我扯去布套，拉了几声，哄她上床去睡。

等到大菱和我熟惯了以后，一天夜晚，或者是什么中秋节日，我给她讲了一个故事，虽然说在教育心理学上，我不应该用这样的撕裂人的心肺的悲哀的故事，去刺那样稚小的孩子的心灵，但我终于讲完了。我努力看进她的眼睛，当看到从那小眼睛里逐渐升起了怨恨的火，我才抱起她到临街的窗前。

“珂叔叔，你把爹的南胡放到哪里了？”

孩子找到了南胡。我帮她定好弦，安放在她那小膝盖上，孩子就也望着那胡琴筒开始演奏了，但那声音简直是泣不成声，我支持不住自己，转过身去，探身窗外，月色多么皎洁，天空多么清冷啊！

冬天，母亲带了二菱来看我们。母亲已经能够镇静，只是当从包裹里拿出一双白色的小鞋给大菱换上的时候，她才哭了。

我叫大菱拉南胡给母亲听。母亲大大惊异地望着我，半天没说出话来。当她又从包裹里拉出那支箫来，交给二菱，那九岁的孩子就慢慢地送到微微突起的嘴边去，我才知道她为什么那样惊异了。但我想，只是这样来叫孩子们纪念父亲吗？

这一次，母亲又把二菱强留给我，说是要到延安去了。箫交在二菱的手里。那时，村庄后面就是一条河。我常带她们到河边去，讲一些事情给她们听。我说人宁可以像一棵水里的鸡头米，先刺那无礼的人一手血，不要像荷花那样顺从，并且拿美丽的花朵来诱人采撷。两个孩子高兴听我讲，我也愿意她们完全愉快。有时甚至感觉，虽然我不到三十岁，在这上面，已经有些唠叨了！

不久，我只得把她们又送到河间去，因为我要到别处去工作。

今年五月，敌人调集了有四五万兵力，说要用“拉网战术”消灭我们。我用了三个夜晚的时间，跳过敌人在滹沱河岸的封锁，沙河的封锁，走过一条条的白色蛇皮一样的汽车路，在炮楼前面蹚过去。我想，叫敌人去拉滹沱河和沙河里的鱼吧，我可是提着驳壳枪在他们身边走过来了。每逢在雨露寒冷的夜间踏上一条汽车路，我就想：敌人像一个愚呆恶毒的蜘蛛，妄想用那个肚子里拉出来的脆弱的残网，绞杀有五年幸福生活的人民和有五年战斗历史的子弟兵吗？我看见敌人那些炮楼在夜色里摇摇欲倾，因为它们没有根底。

我们又在白洋淀里集合了。已经是秋初，稻子比往年分外好，漫天漫野的沉重低垂的稻穗。在田埂上走过，稻穗扫着我的腿，我就像每逢跳到那些交通沟里一样，觉到振奋了。

我重新看见了那无底洞一样的苇地，一丈多高的苇子全吐出荻花，到处有苇喳子鸟的噪叫，我们那些把裤脚卷得高高的，不分昼夜在泥泞里转动、战斗的士兵们，静静地机警地在那里面出没，简直没有声响，苇叶划破他们的脸皮，蔓延的草绊住了腿脚，他们轻轻地把它挪开了。

一个夜晚，我和一个专摆渡游击战士的船夫约好，到淀北边一个偏僻的小庄子上去，我顺着羊肠小道摸到了泊船的处所，对好口令、暗号，跳了上去。借助星光和经验，我知道那是一只以前放鱼鹰捉鱼的尖底的小艇，只能坐两三个人。我倒坐在艇的前面，船夫站在后尾上撑起篙来。

船夫默默地拨弄着小艇前进，离了岸到水深处就加快起来。十几天来，在炮火毒气里工作，已经使我十分的神经质，身体的各部分受到一个近似枪炮呼喊的声音，就立时反应动作起来，每一条神经像多日因为焦躁失眠的人一样，简直容纳不了什么刺激，对什么刺激，也立刻会有本能的抵抗。现在坐在船上了，眼前是一片茫茫的水；船划过荷茎菱叶，嚓嚓地响，潮气浸到眼皮上来，却更有些清醒了。我开始想到这也是和大菱二菱旧游之地，现在淀不是闲游处所，我们就要在这里和敌人决战了。我忽然小声问：

“同志，你这是只鹰船吧？”

“是啊！”他的声音更小。

“白天还放鹰吗？”

“看事。有了抗日的事儿，别的全二五眼！”

“鱼还多吗？”

“多个屁，鬼子一来，人间百物全都晦气，鱼鹰，他们看见了全要抢去杀掉，捉鱼儿弄屁！”

他即刻制止了我说话，他用篙尖敲了敲我，连船划水的声音全寂然了。一会，我看见在西边远处，一个火亮一闪，就是一梭机枪。

“我们的队伍。”他低低地讲了一句。

当船将要靠近北岸的时候，他告诉我说：

“就在这个地方，”他用篙触一触一个久已作废的渔人撒网站立的棚台架，“两个女孩子死得好惨。”

他说过，身子很像就站不稳，船也摇摆起来，他继续说：

“同志，我也是五十岁的人了，也伤过几个儿女，可是没比这一次伤了我的老心。她们，就坐着我的船啊。刚上船来，你没见过那股欢喜劲儿，她们大的也不过十三四岁，那小的也就有十岁，还有像你这样一个同志带领她们。一上船那大孩子就说：可不怕了，在这里我们就不怕他们，你知道，那些孩子也是和我们一样，在敌人的炮火里爬过来跳过去啊。那孩子说了就趴在船帮上洗了一个脸，把一个多月小脸上带着的烟火气汗土，眼上的泥污，全洗了个干净。那带她们的大同志还说不要洗脸，战斗没完啊，那孩子不管，把头发也洗了洗。我没见过那样俊气的孩子，我看见了这样可爱的孩子，我就忘去了我那死去的孩子了。我也高兴，就说洗吧，咱们不怕他们。可是就在这个地方，没提防岸上那片苇地里一小队鬼子跑出来，就用机枪向我们扫射，那大同志把那个小女孩子拉到自己怀里，卧倒下去，他是第一个死的。当我赶紧拨转船想跑，那大女孩子就直栽到水里去了，临死我还看见她那新洗过的俊气的脸。就是我这老没死的倒钻到水里逃了命。”

我听下去，无数我认识的孩子们的脸就一一出现在眼前，我检阅着她们，我也一一检阅自己的心、志气。我在孩子们的脸上，像那老船夫的话，我只看见了一股新鲜的俊气，这俊气就是我的生命的依据。从此，我才知道自己的心、自己的志气，对她们是负着一个什么样誓言的约束，我每天要怎样在这些俊气的面孔前面受到检查。

那老船夫最后一篙把船撑到岸上，临别他又说一句：

“就为了这两个孩子，我也要干到底啊!”

我在岸上停了一刻，看见他急转回船去，箭似的走了。我再看看那久已作废的渔人撒网站立的棚台架，但已经不能辨认，我从那茫茫的一片水里像看见了大菱和二菱。

我走向那约定工作的小庄子上去，我甚至忘记了那附在我裸露的腿上像马蝇一样厉害的蚊虻，我不是设想那殉了难的就是大菱姐妹，那也许是她们，也许不是她们，但那对我是一样，对谁也是一样，像那老船夫说的。

当然，我想起那些死去的同志和死去的那朋友。但是这些回忆抵不过目前的斗争现实。我想，我不是靠过去的回忆活着，我是靠眼前的现实活着。我们的眼前是敌人又杀死了我的同志们、朋友们的孩子。我们眼前是一个新局面，我们将从这个局面上，扫除掉一切哀痛的回忆了。

我，整天就在那一个小庄子上工作，一股力量随时来到我的心里。无数花彩来到我的眼前。晚间休息下来的时候，我遥望着那漫天的芦苇，我知道那是一个大帐幕，力量将从其中升起。忽然，我也想起在一个黄昏，不知道是在山里或是平原，远远看见一片深红的舞台幕布，飘卷在晚风里。人们集齐的时候，那上面第一会出现两个穿绿军装的女孩子，一个人拉南胡，一个人吹箫，演奏给人们听。

1942 年 8 月 25 日晨

杀　楼

一

五柳庄炮楼，修在一个宽广的高岗上面。这原是老年时候的一家宅院，后来不知道怎么拆毁了，就成了一个荒岗。敌人来了，看着这个地方地势高，可以控制村庄，看护汽车路，又可以免得滹沱河涨水时候冲刷，就决定在这里修炮楼。炮楼的样子，远远望去像一个圆塔，走近一看，它的墙壁却是突出缩进，错成棱角。炮楼高有五丈，圆周直径约有两丈五尺，全是卧板砖灌石灰垒起，分成三层。从下面铁板小门进去，有一个矮矮的扶梯。中间一层，就是小队长的卧室，日本兵的床铺。周围有四个方向的枪眼兼做窗户，机枪就支在上面；步枪挂在墙壁上，掷弹筒扔在脚头起。顶上层是瞭望哨，上有铅铁顶棚，周围有垛口。

紧靠炮楼外面，盖起几间平房，当中一间现在住着翻译官和他的太太，一间是伪军的营房，一间是厨房仓库。

在这平房外面才是沟墙、障碍、荆棘、铁丝。进入里面要经过一个吊桥。

秋收完毕，转眼就到了中秋节。虽说兵荒马乱，人们不能像平常那么心里干干净净地过节，可是因为近来围困炮楼，鬼子既不敢轻易下来，再加上庄稼也收割的差不多了，想一想这一年过得真不容易，格外愿意热热闹闹。差不多的人家全买了猪肉月饼，穷些的也置些鸭梨葡萄过节。炮楼上的鬼子伪军看的眼红，馋的流涎，不敢下来抢，城里又没接济，实在苦恼。就三番两次托人捎信给“维持村长”柳老新，说无论如何，八月十五这天，给送点东西上来。

十四这天夜里，有一队穿便衣的队伍开到五柳村庄里来了。轻轻叫开一家的大门，进去住了。

十五这天，吃了早饭，柳老新置备了二十斤梨、五只杀好的鸡、十斤月饼、十五斤葡萄，装好四个大篮子、两个小篮子，派了四个年轻人提着大篮子，他和十三岁的小星提了小篮子到炮楼上去送节礼。

街上有的人就念说：

“鬼子不敢下来就算了，又去招引他干什么?”

提大篮子的四个人，有两个像贫苦庄稼汉，粗手大脚，破衣烂裳，还带着满脑袋高粱花子；有两个像是财主家，手脚干净，穿着长袍大褂。街上的人说：

“前面那两个是咱村的，后面这两个怎么不认得呀?”

“敢是柳老新雇的短工吧!”

“瞎说，送礼还用雇短工?”接着就小声说，“听说昨天夜里来了队伍。”

“有多少?”

“一连。”

“我看有一团。”

一个老头子走过来说：

“唉，你们少说些闲话吧!”

柳老新和小星先走了一步；到炮板跟前，打了个照面。炮楼上的鬼子伪军一见柳老新带着人来送礼，心里早就高兴得了不得。鬼子的脾气，见你顺服了他，又拿架子了，小队长金田在炮楼上嚷道：

“什么的干活?”

柳老新说：

“给皇军送过节礼的干活。”

鬼子把吊桥放下来，让柳老新和小星先过去，鬼子獭尾上来，气势汹汹地把他两个浑身上下搜了一遍，又把篮子翻上翻下地搜查一遍，看看没有暗藏武器，才抓了一把葡萄，一边往嘴里塞，一边说：

“为什么好久不来送东西？”

柳老新说：

“不是我不来送，是八路军活动的要紧，送也送不到啊！”

獭尾说：

“怎么今天送来了？”

柳老新说：

“别说了，今天是看了一个空子，八路走远了，才敢送来。快收下吧！”

金田在上面招呼柳老新快上去。柳老新回头一看，那四个人跟上来了，就指挥着说：

“这两篮子是给警备队先生们吃的。”说着把他和小星手里的两个小篮子，放在地下。平房里的伪军赶紧出来，拿回去吃，獭尾也跟进平房里去。柳老新这才带着四个人上楼。在楼顶上站岗的木田，看见小星送东西来了，一个劲招呼小星上去。小星在篮子里抓了一些葡萄和月饼捧着，一边说：“木田，我给你送果子来了！”上楼顶去了。

柳老新领着四个青年人到了炮楼上，对金田说：

“小队长，你看看吧，今天送来的东西，都是好成色。你先看看这几只鸡肥不肥?”

那个提鸡篮子的青年赶紧把鸡提到金田面前，拿出一只来叫金田过目。金田一看，果然好肥鸡，杀洗的又干净，忍不住脸上的笑容。金田以外，楼上还有四个鬼子。柳老新指挥着，叫皇军们看梨子好吃不好吃，尝尝月饼，再看看葡萄甜不甜。鬼子们有的守着一个篮子往嘴里塞梨，有的守着一个篮子往嘴里塞月饼，有的守着一个篮子往嘴里填葡萄。提篮子的青年又不断拣好的往他们手里送，嘴里放，一边说道：

“皇军，吃这一个。”

鬼子们狼吞虎咽，嘴角上说话：

“好，好吃，甜，香!”

柳老新大声笑着说：

“今年这个中秋节，你们可过美了!”

一句话没了，只见提鸡的那个青年，不知道从什么地方抽出一把明亮亮、冷森森的宰猪刀来，左手揪住金田的衣领，右手一按一抹，金田的半个脖子已经下来。那青年一面轻轻把金田放倒，回头一看，只见他的三个伙伴也已经把四个鬼子杀倒在地，简直没出一点声音。大家赶紧把楼上的枪支武器收好，就见小星手里拿着一支三八枪从楼顶跑下来，木田嚼着月饼在后面紧追；进屋一看，并排放着四个鬼子的死尸，吓的回头就跑，一个青年上去把他一抓，杀猪刀在他脸上一晃，说：

“乖乖的，不要动！”

木田也实在动不了了，就立在那里。两个青年和小星在炮楼看守，两个青年搬着一挺轻机枪轻轻走下楼来，对准伪军的平房。这时候柳老新已经上到楼顶放哨的地方，呐喊一声，说道：

“伪军弟兄们，八路军已经把金田和上面的鬼子全杀了，你们快快反正，把獭尾捉住，我保你们安全。谁反抗谁就倒霉！”

伪军们正在房里抢东西，抢的天昏地暗，一听这话，往外就跑，格、格、格、格、格，一阵机枪扫射，把他们打回去。一齐嚷：“我们反正，我们反正！”

忽然獭尾端着枪从平房里窜出来，没命地往外跑，机枪一扫没扫住，他跑过吊桥，奔着城里跑去了。

柳老新在楼顶上对伪军喊道：

“你们怎么让鬼子跑了？那你们就出来站队吧！”

这些警备队一个一个走到院子里，站好队伍，一报数，正好十个人。

这时就听见炮楼南面的野地里响了一枪。柳老新望着那里拍手大笑说：

“我估计你这兔崽子就跑不脱！”

二

原来埋伏在村里的正规军，全开出来截击城里出来的敌人。队伍在街上这么一走，站在街上的人们才看出，领队的就是本村那个在十七团当连长，父亲叫鬼子杀死的柳英华。再往队伍里看看，很多是他们的子弟。众人一哄就围了上去，这个说：

“这不是俺家二小吗？”

那个说：

“那不是咱家三坏吗？”

“你们来到家里了，怎么不露面？”

“二小，咱家闲院里又盖起一座房！”

“三坏，你大姐出嫁了！”

“嘿呀，你可长得高多了，这衣裳是发的吗？”

“嘿呀！我那孩子！你打过几回仗？”

这些青年子弟，原是抗战开始就参加八路军的，已经几年不回家来了，现在爹娘、叔伯、妻子、姐妹一见，问长问短，拉住说话。柳英华笑着说：

“叔叔大伯、婶子大娘们，我们这是去打仗，回来再说吧。”

一个中年妇女笑着说：

“英华，别看你当了连长做了官了，就拿打仗来吓唬我们！你知道，我们也是见过大阵势的了。”

新月带领那十几个游击组员也开出来，全是一色小打扮，乍一看这一队游击组的年纪、精神、服装、步法，简直和前面这一队子弟兵不相上下，只是武器差些。那些看热闹的人们就说了：

“新月，别看你箍的手巾那么漂亮，你们的武器可比不上人家呀，你看人家那机枪、掷弹筒！”

新月笑着说：

“他们也不是外人哪，咱还怕他们笑话？”

又有人说：

“根生，这回拿下炮楼，把你那只哑巴枪换换吧！”

根生红一红脸说：

“别闹玩笑，咱这枪一见鬼子就会说话了！”

人们正说笑着，只见工会主任青元赶着一辆单套大黑骡子车，从他东家的大梢门里跑出来。那骡子，就像惊了一样，在街上飞跑起来。青元右手掌鞭，左手提着盒子枪，紧跟几步，一欠身就坐在车辕条上去！人们说：

“青元，你这是干什么去？”

青元说：

“去把炮楼上的东西拉回来。”

队伍已经走出村去，人们就跟在后面，都说：

“走，去看咱们的子弟兵打鬼子去。”

队伍从道沟里向炮楼包围过去，村里的人就立在堤坡上观看。鬼子獭尾窜出来，观阵的正在着急，埋伏在公路两旁的子弟兵，一枪把他打死，人们一齐拍手叫起好来。

三

到了晚上，大圆大亮的月亮升起来，五柳庄的人们和他们的子弟兵，就在那祠堂门前广场上开了一个庆祝会。在五年前，柳英华率领了全村二十个青年伙伴，参加了我们的队伍，冀中有名的十七团。这些青年成分好，进步快，几年部队生活，改变了他们幼小时的样子，站在爹娘面前，爹娘只有目不转睛地微笑着望着他们。祠堂门前这片广场，抢秋的时候，碾成了一个大场，四边堆着一大堆的秫秸、豆秸、棒子，子弟兵就靠在上面休息了。在三个月以前，炮楼上的鬼子屠杀了五柳庄的人，就在这个广场上刀砍柳英华年老的父亲，枪挑死他七岁的孩子，推进那广场旁边的死水坑里，只剩下孩子的母亲整天在家里哭泣。几个长辈劝英华家去看看，都说：

"英华，家去看看吧。你家里不知道你负着这么大责任，也不好意思来叫你。自从你爹和那孩子叫鬼子杀了，她够难受的了，差不多的还不想疯了吗？你家去劝解劝解她们也好。"

英华苦笑着说：

"虽说拿了炮楼，明天的情况还不能估计。外面又放着哨，不时要有事情，今天我不家去了，以后再说吧！"

老人们也只好叹气称赞。

夜深了，柳英华把队伍整理好，就命令靠在柴火堆上休息。家里的人都恋恋不舍，可也不好再去麻烦他们；今天打了一天仗，明天还要打仗呀，叫他们好好睡觉吧！大家也就散了。在回家的路上，那些母亲说：

"孩子就睡在露天里，不潮湿吗？我家去盖着被子也睡不着。"

那些父亲就劝她们说：

"算了吧，他们是这样惯了的，你今天给他送条被子来，明天你到哪里去送呀？孩子就像小鸟，长全了毛出了窝，你就叫他随便到处飞去吧！”

真的，他们的孩子们，背靠着那绵软的柴火，怀抱着上好子弹的枪支，不久就舒舒服服地睡着了，睡的那么香甜。月亮转到西北角，落到村边大柳树的阴影里去了，银河斜斜地横在他们的头顶，把半夜以后的清凉的露水，慢慢滴下来，落在他们的脸上、衣服上、枪膛上，他们也没有觉得……

英华也靠在一边，但他没有睡，他睁大着眼睛，望着天空，忽然小星跑到他的身边小声说：

“英华哥，你家俺嫂子想和你说句话，就在那池子边上。”

英华走过去，女人说：

“你也不家去看看！”

英华看见自己的女人，又黄又瘦，心里一酸，忍着眼泪说：

“你看我能离开吗？”

女人的泪忍不住，刷刷流下来，呜咽着说：

“爹和小俊就是在这池子里死的呀！”

英华说：

“我知道。”

女人说：

“你知道！他们死的时候不能见你一面，你可是有说有笑的。”

英华没说话，过了一会，女人又说：

“我知道你给他们报了仇。”

英华说：

“我有任务在身上，哪能离开队伍到家里？全是女人的见识！”

女人说：

“我看你像忘了他们一样。”说罢就痛哭起来。

英华说：

“我心里难过，我把眼泪往肚子里吞，我好好执行上级的命令，去消灭鬼子！我为什么到人们面前去啼哭呢？”

正说着，侦察员回来报告情况，英华对女人说：

“家去吧！不要净啼哭，啼哭有什么用？自己的身子要紧。我不能多照顾你们，我已经托付了老新叔和新月，有什么困难就和他们说。”

女人赶紧抹着眼泪转身走了。

1945 年 4 月于延安

荷花淀

——白洋淀纪事之一

月亮升起来，院子里凉爽得很，干净得很，白天破好的苇眉子潮润润的，正好编席。女人坐在小院当中；手指上缠绞着柔滑修长的苇眉子。苇眉子又薄又细，在她怀里跳跃着。

要问白洋淀有多少苇地？不知道。每年出多少苇子？不知道。只晓得，每年芦花飘飞苇叶黄的时候，全淀的芦苇收割，垛起垛来，在白洋淀周围的广场上，就成了一条苇子的长城。女人们，在场里院里编着席。编成了多少席？六月里，淀水涨满，有无数的船只，运输银白雪亮的席子出口，不久，各地的城市村庄，就全有了花纹又密、又精致的席子用了。大家争着买：

“好席子，白洋淀席！”

这女人编着席。不久在她的身子下面，就编成了一大片。她像坐在一片洁白的雪地上，也像坐在一片洁白的云彩上。她有时望望淀里，淀里也是一片银白世界。水面笼起一层薄薄透明的雾，风吹过来，带着新鲜的荷叶荷花香。

但是大门还没关，丈夫还没回来。

很晚丈夫才回来了。这年轻人不过二十五六岁，头戴一顶大草帽，上身穿一件洁白的小褂，黑单裤卷过了膝盖，光着脚。他叫水生，小苇庄的游击组长，党的负责人。今天领着游击组到区上开会去来。女人抬头笑着问：

“今天怎么回来得这么晚？”站起来要去端饭。水生坐在台阶上说：

“吃过饭了，你不要去拿。”

女人就又坐在席子上。她望着丈夫的脸，她看出他的脸有些红涨，说话也有些气喘。她问：

“他们几个哩？”

水生说：

“还在区上。爹哩？”

女人说：

“睡了。”

“小华哩？”

“和他爷爷去收了半天虾篓，早就睡了。他们几个为什么还不回来?”

水生笑了一下。女人看出他笑得不像平常。

“怎么了，你?”

水生小声说：

“明天我就到大部队上去了。”

女人的手指震动了一下，想是叫苇眉子划破了手，她把一个手指放在嘴里吮了一下。水生说：

“今天县委召集我们开会。假若敌人再在同口安上据点，那和端村就成了一条线，淀里的斗争形势就变了。会上决定成立一个地区队。我第一个举手报了名的。”

女人低着头说：

“你总是很积极的。”

水生说：

“我是村里的游击组长，是干部，自然要站在头里，他们几个也报了名。他们不敢回来，怕家里的人拖尾巴。公推我代表，回来和家里人们说一说。他们全觉得你还开明一些。”

女人没有说话。过了一会，她才说：

“你走，我不拦你，家里怎么办?”

水生指着父亲的小房叫她小声一些。说：

“家里，自然有别人照顾。可是咱的庄子小，这一次参军的就有七个。庄上青年人少了，也不能全靠别人，家里的事，你就多做些，爹老了，小华还不顶事。”

女人鼻子里有些酸，但她并没有哭。只说：

“你明白家里的难处就好了。”

水生想安慰她。因为要考虑准备的事情还太多，他只说了两句：

“千斤的担子你先担吧，打走了鬼子，我回来谢你。”

说罢，他就到别人家里去了，他说回来再和父亲谈。

鸡叫的时候，水生才回来。女人还是呆呆地坐在院子里等他，她说：

“你有什么话嘱咐嘱咐我吧。”

“没有什么话了，我走了，你要不断进步，识字，生产。”

“嗯。”

“什么事也不要落在别人后面！”

“嗯，还有什么？”

“不要叫敌人汉奸捉活的，捉住了要和他拼命。”这才是那最重要的一句，女人流着眼泪答应了他。

第二天，女人给他打点好一个小小的包裹，里面包了一身新单衣，一条新毛巾，一双新鞋子。那几家也是这些东西，交水生带去。一家人送他出了门。父亲一手拉着小华，对他说：

“水生，你干的是光荣事情，我不拦你，你放心走吧。大人孩子我给你照顾，什么也不要惦记。”

全庄的男女老少也送他出来，水生对大家笑一笑，上船走了。

女人们到底有些藕断丝连。过了两天，四个青年妇女集在水生家里来，大家商量：

“听说他们还在这里没走。我不拖尾巴，可是忘下了一件衣裳。”

“我有句要紧的话得和他说说。”

水生的女人说：

“听他说鬼子要在同口安据点……”

“哪里就碰得那么巧，我们快去快回来。”

“我本来不想去，可是俺婆婆非叫我再去看看他，有什么看头啊！”

于是这几个女人偷偷坐在一只小船上，划到对面马庄去了。

到了马庄，她们不敢到街上去找，来到村头一个亲戚家里。亲戚说：你们来得不巧，昨天晚上他们还在这里，半夜里走了，谁也不知开到哪里去。你们不用惦记他们，听说水生一来就当了副排长，大家都是欢天喜地的……

几个女人羞红着脸告辞出来，摇开靠在岸边上的小船。现在已经快到晌午了，万里无云，可是因为在水上，还有些凉风。这风从南面吹过来，从稻秧苇尖上吹过来。水面没有一只船，水像无边的跳荡的水银。

几个女人有点失望，也有些伤心，各人在心里骂着自己的狠心贼。可是青年人，永远朝着愉快的事情想，女人们尤其容易忘记那些不痛快。不久，她们就又说笑起来了。

“你看说走就走了。”

“可慌（高兴的意思）哩，比什么也慌，比过新年，娶新——也没见他这么慌过！”

“拴马桩也不顶事了。”

“不行了，脱了缰了！”

“一到军队里，他一准得忘了家里的人。”

“那是真的，我们家里住过一些年轻的队伍，一天到晚仰着脖子出来唱，进去唱，我们一辈子也没那么乐过。等他们闲下来没有事了，我就傻想：该低下头了吧。你猜人家干什么？用白粉子在我家映壁上画上许多圆圈圈，一个一个蹲在院子里，托着枪瞄那个，又唱起来了！”

她们轻轻划着船，船两边的水哗，哗，哗。顺手从水里捞上一棵菱角来，菱角还很嫩很小，乳白色。顺手又丢到水里去。那棵菱角就又安安稳稳浮在水面上生长去了。

“现在你知道他们到了哪里?”

“管他哩，也许跑到天边上去了!”

她们都抬起头往远处看了看。

“哎呀！那边过来一只船。”

“哎呀！日本，你看那衣裳!”

“快摇!”

小船拼命往前摇。她们心里也许有些后悔，不该这么冒冒失失走来；也许有些怨恨那些走远了的人。但是立刻就想，什么也别想了，快摇，大船紧紧追过来了。

大船追的很紧。

幸亏是这些青年妇女，白洋淀长大的，她们摇得小船飞快。小船活像离开了水皮的一条打跳的梭鱼。她们从小跟这小船打交道，驶起来，就像织布穿梭，缝衣透针一般快。

假如敌人追上了，就跳到水里去死吧!

后面大船来得飞快。那明明白白是鬼子！这几个青年妇女咬紧牙制止住心跳，摇橹的手并没有慌，水在两旁大声的哗哗，哗哗，哗哗哗！

“往荷花淀里摇！那里水浅，大船过不去。”

她们奔着那不知道有几亩大小的荷花淀去，那一望无边际的密密层层的大荷叶，迎着阳光舒展开，就像铜墙铁壁一样。粉色荷花箭高高地挺出来，是监视白洋淀的哨兵吧！

她们向荷花淀里摇，最后，努力地一摇，小船窜进了荷花淀。几只野鸭扑棱棱飞起，尖声惊叫，掠着水面飞走了。就在她们的耳边响起一排枪！

整个荷花淀全震荡起来。她们想，陷在敌人的埋伏里了，一准要死了，一齐翻身跳到水里去。渐渐听清楚枪声只是向着外面，她们才又扒着船帮露出头来。她们看见不远的地方，那宽厚肥大的荷叶下面，有一个人的脸，下半截身子长在水里。荷花变成人了？那不是我们的水生吗？又往左右看去，不久各人就找到了各人丈夫的脸，啊，原来是他们！

但是那些隐蔽在大荷叶下面的战士们，正在聚精会神瞄着敌人射击，半眼也没有看她们。枪声清脆，三五排枪过后，他们投出了手榴弹，冲出了荷花淀。

手榴弹把敌人那只大船击沉，一切都沉下去了。水面上只剩下一团烟硝火药气味。战士们就在那里大声欢笑着，打捞战利品。他们又开始了沉到水底捞出大鱼来的拿手戏。他们争着捞出敌人的枪支、子弹带，然后是一袋子一袋子叫水浸透了的面粉和大米。水生拍打着水去追赶一个在水波上滚动的东西，是一包用精致纸盒装着的饼干。

妇女们带着浑身水，又坐到她们的小船上去了。

水生追回那个纸盒，一只手高高举起，一只手用力拍打着水，好使自己不沉下去，对着荷花淀吆喝：

“出来吧，你们！”

好像带着很大的气。

她们只好摇着船出来。忽然从她们的船底下冒出一个人来，只有水生的女人认的那是区小队的队长。这个人抹一把脸上的水问她们：

“你们干什么去来呀？”

水生的女人说：

“又给他们送了一些衣裳来！”

小队长回头对水生说：

“都是你村的？”

“不是她们是谁，一群落后分子！”说完把纸盒顺手丢在女人们船上，一泅，又沉到水底下去了，到很远的地方才钻出来。

小队长开了个玩笑，他说：

“你们也没有白来，不是你们，我们的伏击不会这么彻底。可是，任务已经完成，该回去晒晒衣裳了。情况还紧得很！”

战士们已经把打捞出来的战利品，全装在他们的小船上，准备转移。一人摘了一片大荷叶顶在头上，抵挡正午的太阳。几个青年妇女把掉在水里又捞出来的小包裹，丢给了他们，战士们的三只小船就奔着东南方向，箭一样飞去了。不久就消失在中午水面上的烟波里。

几个青年妇女划着她们的小船赶紧回家，一个个像落水鸡似的。一路走着，因过于刺激和兴奋，她们又说笑起来，坐在船头脸朝后的一个撅着嘴说：

“你看他们那个横样子，见了我们爱搭理不搭理的！”

“啊，好像我们给他们丢了什么人似的。”

她们自己也笑了，今天的事情不算光彩，可是：

“我们没枪，有枪就不往荷花淀里跑，在大淀里就和鬼子干起来！”

“我今天也算看见打仗了。打仗有什么出奇，只要你不着慌，谁还不会趴在那里放枪呀！”

“打沉了，我也会浮水捞东西，我管保比他们水性好，再深点我也不怕！”

“水生嫂，回去我们也成立队伍，不然以后还能出门吗！”

“刚当上兵就小看我们，过两年，更把我们看得一钱不值了，谁比谁落后多少呢！”

这一年秋季，她们学会了射击。冬天，打冰夹鱼的时候，她们一个个登在流星一样的冰床上，来回警戒。敌人围剿那百顷大苇塘的时候，她们配合子弟兵作战，出入在那芦苇的海里。

1945年5月于延安

钟

一

林村村西有个南海大士庙。庙很久远了，许多关于庙的事，在冀中平原，除去想到那些砖瓦可以利用，庙里的田产可以分种，全都忘记了。眼前的新事情很多，新话柄很多，谁肯再去谈过去的事？这个庙，人们一时却忘不下。早年间，这个庙的特点，第一是因为它里面住的不是和尚，而是尼姑。周围几十里，尼姑庵只有这一个。庵里的尼姑又多长得俊，春秋两季过后，她们到各村里敛化，人们对这个庙更熟悉了。

人们能记得起的庙里的尼姑，也只有两三代，一般年轻人，就只记得慧秀了。至于十岁以下的孩子们，在我们冀中区，就不知道什么叫尼姑。因为尼姑的特点是女人落发，现在还活着的慧秀，却是满脑袋黑油油的头发。

慧秀的师父叫什么，已经很少有人提起。这是个很泼辣狠毒的人。她活着的时候，孩子们不能到庙里去玩，偷偷进去了，她去拿拐杖把你赶出去，还骂到街上来。人们不明白，为什么她在大士面前那么修福行善，嘴里却有这么一大堆尖酸刻薄的语言。就是这些，人们也忘记了。人们所以还提念一下，也不过是因为她的敛化，庙里才有一个小铁钟。

这钟挂在庙的西墙里面。西墙外面是一个芦苇坑，村里的水都流在这里，苇子长得很好。到了春天，苇锥锥像小牛犊头上钻出来的紫红小犄角，水灵灵地充满生气。到夏天，雨水涨满，是一片摇动的绿色的大栅帐。到冬天，它点缀着平原单调肃杀的气象，黄白的芦花从这里吹起来。

钟紧挨着尼姑们睡觉的房，两间小小的土坯平房。从房子的样子看，从屋里的锅碗盆灶和一切的陈设看，这和平民的住家实在没有丝毫的分别。凡是女人们用的东西，爱好的东西，她们都有也都爱好。

那时候，师父老了，瞎了一只眼睛，抽着一口大烟。慧秀才十八岁。她不久交接了村里一个年轻人。

既是爱上了，就真心爱，慧秀第一次对那年轻人的誓言，是我要为你死。在那些时候，每逢夜深人静，村里的人们看见，在那两间小屋的南间，还点着一盏明亮的灯。好心肠的人们说，那是尼姑念经卷呢。慧秀却在把针线凑在灯头上，给她那相好的缝衣服。她敛化了钱换成漂白的布，给那个年轻人缝小褂。夜很深，灯灭了，人才睡了。

这个年轻人叫大秋。是村里麻绳铺的一个工人，才二十八岁。因为一个穷人既是仗着手艺吃饭，他就学会了各种在农村里有用的手艺，并且样样精通。这个年轻人成了村里顶有用的人，也是顶漂亮的人。人缘好，好交朋友，可是一直娶不上个媳妇。

媳妇都给有地的人娶去了。地多的娶个俊的小的；地少的娶个丑的年岁大的。在农村，女人和土地结合，没有一垄园子地，就好像也没有犁耙绳套一样，打光棍没女人。

可是对于慧秀，她需要的只是一个真心的人，一个漂亮的人。她和他好了。并且立时就怀上了身孕。

这一年，是抗战的第一年。滹沱河涨了一次水，水撤了，麦苗满地的时候，出现了一支小小的队伍。这队伍是很小，直到现在人们还说："那时候你们才有几个人呀！"可是这支小队伍在这个时候出现在平原上，就像投了一星什么奇怪的东西在一缸水里，立时一缸水就变了颜色，并且沸腾起来了。

林村成立了人民自卫团的大队部。在集合人的时候，敲庙里的铁钟。不错，那个时候，林村的年轻人还没有对自己力量的自信，就像那只小铁钟常年挂在那里，不自觉自己的声音的号召力量一样。可是钟响了，人来了，八年战争而且胜利了。那个敲钟的人还活着吗？如果在这几年残酷的战斗里他没有死，人们要记住：是他抡起了那个榆木棍，敲的铁钟像海啸一样响啊！

村里的农会成立了，集合的时候敲着铁钟。工会成立了，大秋当选了主任，当他被一村的长工们选举出来，站在那高高的台上宣誓的时候，钟又洪亮地响了。

这是振奋，是鼓励，是铁的誓言。同是这个钟，第二次响的时候，却把大秋的心敲碎了。

二

那个老尼姑，慧秀的师父，想当年也是风流过的。她交结过不少朋友，施主或者叫善人。有些人三天好，两天又不好了；一直取着联系的，却只有麻绳铺的东家林德贵，林村有名的地主和大乡绅。林德贵用自己村里的特殊地位，和手中比别人富足的钱，排挤了竞争者，差不多是霸占了这个女人。

在那些年间，女人，就是一个尼姑，着重的也是势力和财帛。林德贵给她撑腰，就没人敢来招惹她的庙产。尼姑在社会上并没有特殊地位，可是因为她既是林德贵的知己，她竟能调词架讼，成了村里政治舞台上的要人。

可是她渐渐地老了，并且瞎了一只眼睛，她和林德贵的关系，就只剩下了那一小包大烟土的情分了。抗战前，林德贵常到庵里抽大烟，老尼姑陪着；慧秀是一个奴仆，一个丫鬟，一个还没有长成的窑姐儿。

林德贵眼看着炕沿下边这一朵小花渐渐开放，就又想伸手抓一把。可是一个尼姑，就是穷人家最苦的孩子，送到庙里，只不过比扔在野地，稍微好一点。在苦难里长大的孩子，知道忍受自己的苦难，也坚定着自己的心。林德贵在她眼里是仇恨不是爱情。在慧秀，一个十几岁的孩子，她从没有想过把自己拴在那个狭小的桩子上。她心里的天地很宽阔，她的希望很高；既没有母亲的抚爱，她就默默地修理着嫩小的羽毛。她觉得一旦自己的羽毛长成，谁能猜想她会飞到多么高的地方，多么远的地方呢？

按说林德贵的力量可以把这个孩子制服。但是，假如我们来不及为上一代人们庆幸，就为眼下这一代庆幸吧。平原的人民一举起了武器，并且组织起来，天地就改变了那长久灰暗肃杀的颜色。大地上起了风，尼姑庵里的铁钟响了。

人民起义的第二年春天，苇塘的冰解了，苇笋撒开了第一个叶子；慧秀十九岁。

这些日子人们不常见到这个年轻的尼姑了，她不常出门，人们传说她病了。村里的人正在忙着战争动员的事，也不大注意这些，只有一些年轻的姑娘们常常想起她来：

“怎么这些日子看不见慧秀？抗战了，妇女们要解放，她不能解放出来呀？那么一个聪明伶俐的人，当尼姑不像埋在坟里一样，唉！”

可是按照习惯，姑娘们不爱到尼姑庵里去。人们又讨厌她那个坏烂舌头的师父，也就忘记她了。

没有忘记她的人只有两个吧，一个是大秋，一个是林德贵那老东西。

一天晚上，一弯月亮在天边出现了，天空很昏迷，月亮周围浮动着一圈云雾，预告半夜以后就要起风了。这是平原上春天的风，刮起来整天整夜的风，一种遮盖天地，屋子里都要昏暗起来的黄风。

老尼姑拄着拐杖从村里走回来，探手到怀里摸一摸，又喃喃地骂了一句。远处已经有了风声，她紧了紧脖子里那条缎子围巾。

到了庙门口，她推开那沉重的油漆剥落的山门进去了，随手又关上。她看一看南间的窗子，灯光在闪动。

她进到屋里，把怀里的一包东西掏出来，往炕上一丢，狠狠地说：

“去熬熬，吃了！”

慧秀正侧在炕上面对着窗户，看着那个空花露水瓶子做成的煤油灯。灯光很小，却很亮，像一个刚刚解剖出来的小青蛙的心脏，活泼地跳动着。

她转过身子来。她的脸有些苍白，衬托的那两只眼睛更黑更大了。眼里有些湿润，微微眨动眨动那薄薄的眼皮，两颗眼泪滴落在她那浅色月白缎子道袍领的棉袄上。她的棉袄虽然特意做的肥了一些，现在的胸部和腹部也还是按压不住地突露出来。她一低头，心里就搅痛。

那些幸福的人，那些红媒正娶有钱有主的人，那些新婚不久就怀上了孩子的人，身体的膨胀和突出对于她们是一种多么新鲜，多么幸福的感觉。就是在母亲的身边，她们也会微闭着眼睛，用手抚摸着肚子，心里微笑着，去感觉那里面小小的生命的跳动。她们默默祝告着这个小小的生命快快地平安地出世吧！那是她的一场天才的创造，光荣和名誉的源泉。她们比任何人都着急着看一看自己身上分裂下来的这一块骨肉的可亲的面貌。他是个什么长相呢？他的眼睛还是像爹还是像娘呢？一个年轻美貌的小媳妇，怀里再抱一个肥胖的大娃娃，该是多么冠冕呀！

可是对于眼前这个女人，这个时时刻刻要在人面前掩饰着自己的肚子的女人，这个带着黑色比丘帽的，还不到二十岁的女人，却为这肚里的小小生命折磨得快死了。她自怀上了这个东西，整天整夜地焦心慌乱。她忘记了一切，她曾经想到过，把他打下来吧！她想，既然为幸福冒了险，为不幸也可以冒险，她什么痛苦不能忍受呢？她可以用一只很长的铁针把这块东西扎下来！

她几次想这样做，几次拿起那只纺线的铁锭子，放下了，她没有这么忍心。她觉得自己虽说命苦，孩子有什么罪呢？害死这不能说甚至不会想的孩子，她不应该。有什么罪，我一个人担当起来吧，就是死，我也要叫肚里的孩子生下来见见天日，看看受难的母亲吧。她甚至没有埋怨过留下这个冤孽种子的人，她觉得都是命苦的人，不这样做孽，不这样犯罪，不这样胡作非为，不也是活不了吗？

七个月，八个月，孩子越在肚里生长，越成了形状，在睡里梦里，她觉得这个孩子有了五脏，有了眉眼，有了四肢胳膊腿，她就越不忍心这样做了。

这以前，她是用腰带把肚子抽紧，后来又用宽长的布把肚子扎起的。后来她不愿这样残害这孩子了，她坦然地把肚子呈现在太阳的光里。

师父痛骂了她一顿。根据她自己的经验，到村里药铺先生那里取来一服药，逼着她吃。

慧秀用那大眼睛呆呆望着师父说：

“我不吃！”

那声音很低，但是很坚定地传到师父的耳朵里。这声音像是要全世界都听到，不是羞臊，是决心。

“你不吃，就得给我死！”

满脸横肉的师父，举起拐杖，就敲在那肚子上去。

慧秀一手护着肚子，转过身去，趴在炕上哭了。

师父还压低声音骂：

“你不吃药，我就用乱棒给你砸下来。你知道吗？这是佛门清静的地方，能叫你在这里仰着生孩子？你说是哪个杂种给留下的这个坏种子？”

慧秀啼哭着，却刚强地说：“你管不着。”

“我管定了。你有了这个浪孩子，你腆着这个大肚子，你在屋里修行着，你不去敛化。我们吃什么？花什么？叫我去叼食来喂你这蠢东西吗？说，是谁这么坏？”

慧秀流着眼泪，没说话。一时，她连哭都不想哭了。有了死的决心，就什么也可以不表示。她沉默起来。她听见外面起了风，佛殿上的铁马，叮当乱响。

师父一把抓起那个小包来说：

“好，我从小养大你，你是祖奶奶。我给你熬去，你不吃我灌死你。”

师父到灶间去了。

她有些难过，为什么他竟不来一趟看看她！她没有希望世界上有任何人心疼她，惦记她，可是如果他也把她忘记，负了心，她还有什么活头呢？快来救救我吧！她用两只手紧按着肚子。

这一晚大秋没来，林德贵却来了。他摸到师父屋里去，师父一见就骂：

“阿弥陀佛，你这兔崽子，这些日子哪里去来？”

“别骂！我给你带来一包烟灰，叫你过过瘾。”

林德贵那连笑带说的声音，就像一个夜猫子，他问：

“慧秀哩？”

“快别提她，人家有了，快添了！”

“有了什么？”

“你别装蒜，是你这老东西施的坏不？”

“别冤枉人。”

林德贵只冷冷地说了一句，就没有下文了。

三

林德贵是憋着满肚子气，到这里散心的。从村里成立了工会，接二连三的事情，使他看着不顺眼，更不随心。他看出在这个村里，他要下台，而那些穷光蛋们要站上去。一个人感觉到别人动摇他的根基，他的统治的时候，他最怀恨也最恐怖。他曾经想到抵抗，想用过去村里的声威，压服他们，可是看来这些穷小子们并不怕。他也曾想到用自己走动官场的能耐，到区里县里去，可是那些县长区长也只是以这些穷光蛋们的一面之词为准，不给他丝毫的面子和主张。他也想过逃到南边去吧！可是他舍不下自己那三顷五十亩祖业地。

而且他手下的人，像大秋也反对起他来。渐渐没有过去对他的尊敬，他领导组织工会，还要求增加工资，半实物制，还要年节送礼，一年三个节气送三个盒子。在林德贵看来，送闺女送女婿也不过如此。而且这些人吃了你的东西并不说你好，挑碴捡刺，你有一点毛病，他还向上级反映，给你难看。

现在一听慧秀又有了孩子，更给他添了烦恼。原先，他以为一个女孩子，一时不答应，早晚还是他的；他的条件有利的多，林村还没有一个可以和他相比，慢慢磨吧，就是自己磨不上吧，反正也没叫别人沾上，那怨女孩子贞节。现在一听，这场梦也空了，他抢着抽了两口烟，着急地问：

“到底是谁的呀？”

“算我瞎了眼，一点风声也没听到，前日个才看见她的肚子那么大了。”

“快添了吗？”

“我看快了。”

老尼姑抽了两口烟，有点心平气和的样子。那盏快死灭的烟灯，照着这陈腐阴暗的屋子。外面的风声更大了，窗外的铁钟发出丝丝的声响。

“你真是个老混蛋，你平日就没看见过谁和她来往，来往的不相当，过于亲密……”

“你叫我想一想，”老尼姑有点困了，“啊！有那么一回，是谁来？你看我这个记性。看见我一进来，他两个人的神气全不对。啊！想起来了，是你铺子里那个大秋。”

“啊！”林德贵的心里，沉重地跳动了一下。他想，这年头，什么也是他们占先了，这一点便宜也叫他们占了去。他酸酸地说：

“你该去告他，告到县衙门里去。”

“我可不是得去告他！可是，听说他当了什么主任，常在衙门里跑动，这招惹得了吗？”

“别看他们那一套，”林德贵愤愤地说，“日头爷只能从东边出来，不能从西边出来，凤凰窝多早晚也是垒在梧桐树上，老鸹窝多早晚也得垒在那歪杈子的榆树上。叫他们闹吧！叫他们红花一时，兔子的尾巴长不了！”他说着就站起来，奔着南间去。南间的灯快灭了，屋里很暗，慧秀一阵肚痛过去，又一阵肚痛，正趴在炕上低声呻吟。林德贵一进来就说：

“你病了？”

慧秀没答声。林德贵又奸笑着说：

“我问你病了吗？我会治这个病。”

慧秀支了支身子，想坐起来，张了张嘴想骂一声“杂种”。可是她又伏下身子去了。她觉得决定她的命运的时候，就要来了，叫这老王八蛋快离开这里吧！她忍耐下去了。

紧接着又是一阵痛，这一阵痛得这样厉害，慧秀把头死顶在枕头上，叫了声娘。一个生命就要诞生了，在这平原的春天的夜晚，在这阴暗的小房子里，一个女人生产她的第一胎。偷偷地生产，母亲在痛苦里，没有希望，婴儿也没有诞生的喜悦的生产。母亲要流一样多的血，或者要流更多的血，因为代替那丈夫的关切，母亲的安慰，她那肚子上刚刚挨过了致命的一棒。

而在这最不方便的时候，眼前还站着一个把她的痛苦当稀罕热闹看的仇人！慧秀强挺起身子，瞪起那充满血丝的眼，狠狠地说了一声：

“你出去！”

本来林德贵也想走了，他想起了一件事，他觉得他得到了一个把柄。他觉得今天这一趟没有白来，他甚至立时觉得他的财产和他的地位，也有了小小的保障。

可是，从慧秀的眼里，林德贵看到了他在这女人的心里的地位。他冷笑了一声走出来。他在外间屋里转了两转，走到院里又转了两转，他的心里突然出现了一个念头。他从台阶上掀起了一个砖，在那钟上连击了三下。

钟发出了嗡嗡的要碎裂一样的吼叫，大地震动起来，风声却被淹没了。

正在生产的女人的心被震碎了，栽倒在地下，血不住地从她的下体流出来，婴儿降生在那冰冷的地上，只微弱地啼哭了两声。

四

在这天夜里，大秋正和他的工人同志们挤在一间牲口棚里听一个上级同志的报告。他们都红着脸，流着汗兴奋地听着。我们工人这样重要吗？我们工人的力量这样大吗？只要我们动员起来，组织起来，就能打败日本帝国主义和村里的封建势力吗？

他们从没经过别人这样看重自己，这样的知心和爱护。这样一来，大秋更自重起来了。他想，自己要一切都积极，一切都勇敢，一切都正确，不要有一点对不起上级。他无比激动地向上级说明了他的志愿。

当散会回来，他听到了那震耳的钟声。从这钟声他想起一个女人，一件事情，和一个日子。他想去看一看，她快要生产了。但是走了几步以后，他又想：这不正确的，不要再做这些混账事；就转到他的下处睡觉去了。

任何女人在生产的时候，受到这样的震惊，也要死去的。可是慧秀在半夜以后，又苏醒过来了。时代还需要她作一个助手，作一个见证，看看将来的事变。她挣扎着爬到炕上去，就又昏迷不醒地睡去了。师父狠狠地骂着，从地上捡起孩子来，不管死活，隔着墙就丢到苇坑里去了。

这以后的几年，是冀中的黄金时代。人民狂热的战争扫荡了人民心里的悲哀的回忆，和大地上那些冤屈的血迹。老尼姑死了，慧秀大病一场，但不久就恢复了健康，分种了几亩田产，算是还了俗。她还是那么安静聪明，一头新生的油黑的头发把她的比以前苍白一些的面孔，衬托得更美丽了。她还住在她那间小屋里，没有去跟大秋，大秋也没娶她。大秋从工会主任当了村长，现在也种着五六亩地。慧秀没有嫁人，有人去说媒，她全笑着拒绝了；她说离开那个坟坑，她就满足了，不想再嫁人。

慧秀参加了村里的抗日工作，每逢遇见大秋，她总是那么不动声色地望一望，眼睛里充满一种在别人看来莫名其妙，在大秋却深深感伤的热情。这是对过去的珍惜，不是引诱，是一种鼓励，不是责备。大秋却常常低头走过去了。他不是薄情，他也打算把慧秀娶过来的，他又觉得这样做影响不好，不正确。在这个事情上，他觉得对不起慧秀，总觉得对她负着一笔债似的。他害怕当面遇着她，却好在背地里问她的生活，到地里去，首先注意慧秀那块地耕种了没有？锄了没有？粮食能打多少？能拉多少柴火？

至于慧秀，却一向没到他家里去过一次，也没求过他的帮助。她在村里工作很好，人缘很好，人们全愿意给她帮忙。

林德贵的麻绳铺却关了门，他自己不愿意干了；几个工人离开了他，在村里另组织了一个麻绳合作社。林德贵的地也减少了一些，是他很快地给孩子们分了家，自动“分散”了土地，还实行了女子继承，女儿外甥全有份。

只有一次，慧秀到大秋的家里去了。那是“五一‘扫荡’”以后，林村的南头安上了岗楼。“五一”在冀中来说，比“七七”的印象还深，老百姓常说的“事变”那一年，就是指的“五一”这一年。经过敌人这一场残酷的大“扫荡”，在平原上安上了点线，冀中的环境大变了。人们在习惯上甚至说冀中变了质，其实想起来，只要人心不变，就是质没变。事实上，人们对冀中“五一”以后的环境，不是害怕而是重视。是“五一”以后这几年，冀中区的人民才真正锻炼了出来，任凭它再来什么事变吧！

从夏天到秋天，林村的人民，是在风里雨里、毒气和枪弹里过的。慧秀整天东奔西跑，当尼姑没给了她别的好处，只留给她一双天然的脚。常常在半夜里，突然被枪声惊醒，爬起来就往野外里跑，在那伸手不见掌的黑夜，在那四面都有枪声的黑夜，她跑到远远的野地里，坐下来，才望着低垂的星星喘口气。有时候也觉得心里一酸，滴两滴眼泪。人家那有丈夫的人们，就是扶一把拉一把，在这个危险时候做做伴吧，抱抱孩子吧，就是受苦受难吧，也觉得甘心啊！

五

一天夜里，她忽然想起那口钟来。敌人这几天正在征集破铜烂铁，她想把它坚壁起来。她登在一条板凳上，试着摘了摘，钟虽不很大，她却摘不动。她想去叫一个人，不知怎么想起大秋来，她走到大秋的家里，说明这个事情，大秋跟她来了。两个人努着力把钟摘下来了，想了想还是坚壁到庙外面那苇坑里去。他两个抬上，拿了一把铁铲，天很黑，那一片苇子更是黑的怕人。现在苇坑里灌满了水，依着大秋，埋在坑边就算了，慧秀说：

“埋在坑当间水深的地方去。就让它埋着去吧，什么时候敌人走了，什么时候再叫它出世，反正水是泡不坏铁的。”

她先脱下了袜子，卷起裤子。大秋和她把钟抬到苇子密水又深的地方，埋到污泥里去。

几只藏在苇坑里过夜的水鸟，叫他们惊动起来飞走了。

慧秀忽然觉得一阵心酸，回到屋里，她再也忍不住，伏在炕上哭了。

大秋也跟进来了。这个年轻人，头上箍一块白毛巾，穿一身白单衣，披了一件黑棉袍。在脸上，长期不得休息的工作和焦心，显得有些阴沉。

见他进来，慧秀赶紧坐起来，把眼泪擦了。

“为什么哭?”大秋靠在迎门橱上，望着门帘说。

“我看见那口钟，我就难过起来了。你记得我那场病吗?”

“记得。”

“那个孩子呢?”

大秋凄惨地不自然地笑了笑。

“这你该忘了吧?我把他生下来，又把他埋了。我一醒过来，就挣扎着到野地里去找他，他躺在那苇坑里，我用两只手刨开土，把他埋了。我一看见那钟就难过起来。”慧秀说着，还是那么看着大秋，“我净想，一个女人要只是依靠着男人，像我，那就算是白费了心。”

“你说我是个忘恩负义的人?”大秋的脸惨白了。

“谁说你来呀?丢人现眼是我的事，你不会为我去得罪人。”

“你说什么?”大秋转过脸来盯着慧秀的眼睛。一种光在他眼里跳动着。是受了刺心的侮辱以后，混合着仇恨和毒意的光。这种光燃烧得是那么强烈，慧秀有些害怕起来。她赶紧笑着说：

“你看。我知道你没忘了我的冤仇，你记着哩!我全知道。在这个时候，就是你要报仇，我也不让你去。工作重要，工作比你重要，你又比我重要。我不能叫你去瞎闹……”

大秋强笑着说：

“咱不去报仇，人家可记恨哩。敌人在村里一安炮楼，这些王八蛋又活跃起来了。这场雨是给他们下了，人家漂到水皮上来，我们却要钻到泥底下去。”

“你要时刻小心，不要露面。”慧秀小声叮咛着。

“你不用结记，我不会落在他们手里。我不胆小，有人向敌区跑了，我哪里也不去。我要坚持工作，流尽最后一滴血。”

他告辞要走，慧秀送他到院里来。八月时半圆的月亮照得庙顶上的琉璃瓦放光。大秋站住脚小声说：

“闹情况的时候，你净往哪里跑？我总是找不着你。”

慧秀笑着说：

“你不用管我，好好小心着你自己吧！”

大秋出去，她无力地关上了山门。

外面静的怕人，人们逃了一天难，摸回村来，望一望炮楼枪眼里射出的蓝色的灯光，轻轻推开门走进家里，胡乱吃点东西，躺到炕上休息了。只听墙角里的蟋蟀断断续续地叫两声，苇坑里那个老青蛙，像人在梦里突然惊醒一样，叫了一声又停止了。

六

慧秀睡着了没有，自己也不知道。天一扑明的时候，她起来，开开房门，院里还是那么静，夜里下了一些露水，天空还残留着几粒星星。她去开山门，山门一开，门外站着一个汉奸两个鬼子，用刺刀又把她逼进来。村庄和她一时大意就陷在敌人的网里了。敌人在半夜的时候封锁了各家的大门。敌人逼她到屋里去，各处搜查了一下，就逼到街上来了。在路上那个汉奸问：

“你们庙里那个铁钟呢？”

慧秀说：

“我不知道，我不是庙里的人。”

“你不是庙里的人，为什么住在庙里面？”

“我借房子住。”

“你没有家？”

“没有。”

“拿着你这样的模样、人才。”汉奸斜着眼睛笑了笑，“我认识你。我在你们庙里上过布施。”

慧秀没有说话，汉奸又说：

“钟哩？坚壁起来了？”

“我不知道。”

“那钟可灵验哩！听说那年庙里有个小姑子坐月子，那钟自己就响起来了。”汉奸贱声贱气地拉着声音，“是真的吗？”

“我不知道。”

“你不知道，你的头发长得不短了啊，嘿嘿！”

当他们走到大街中间那个广场的时候，已经有一群男女老少站在那里，敌人在周围密密地布着哨，慧秀抽空钻到那些妇女群里去了。

天越发亮起来。慧秀向那青年人群里一看，她的心里发了一阵冷。天爷，怎么他也叫敌人围住了？那里面有大秋。她又偷偷望了他一眼，他却没有注意，他不动声色地在那里站着，嘴闭得很紧。慧秀赶紧低下了头。她身上有些冷，不住地抖颤。

敌人的三个头目，在她们身边走动，里面有一个汉奸。走到中间，站住了，汉奸向俘虏住的老乡们扫了一眼，说了话。

他说“皇军”到了附近的村庄全多少有些支应，为什么林村不支应？诚心不要脸，看你们跑到哪里去！他大声问道：

“哪个是抗日村长？”

人们的心全抖动了一下，但全没有答声，广场里什么声音也没有，只能听见妇女和孩子们短促的呼吸。天大亮了，但很阴沉。风凭空吹起来，慧秀觉得身上冷的不能忍耐。

敌人和汉奸商议着，叫他们那些青年人坐到场中间去，叫老年人和妇女孩子们在外面围成一个圈子坐下来。然后，汉奸改成了一个笑脸，像做游戏一样绕着人们转。人们心惊肉跳地听着他的脚步声，当他一走到自己背后，就闭着气等着，谁知道他要弄什么花样呢！

他走着，看看这个又看看那个。他笑着，走着，说着：

“谁是抗日村长，我们知道。我们不指出来，叫你们自己指出来。这么看你们的忠心如何？抗日村长有什么关系？我们不杀他，不打他，我们还叫他做官哩。你们不说我们也知道。”他说着走着，走到慧秀的背后，突然向里面一指说：

“他就是抗日村长，他叫大秋，是不是？”

慧秀的心立时停止了跳动，她知道她会这么一闭塞就死去了。可是她又立时清醒了。她的头不知道是一种什么力量推着，越想不往大秋那边看，它却越想往那边扭。她明白了，这是计，这是敌人和汉奸的诡计。他们不认识大秋的，她放心了。她安静地低着头。

全场的老百姓全低着头，全都用眼睛看着自己的心。他们暗暗问自己：“你坚定么？你想出卖大秋吗？你想当汉奸吗？”这样一问，他们全坦然了。因为他们全在心里生起这样一个根，长起这样一棵树，就是死吧，也光明正大地死。

这是在民族的心灵里交流着，生长和壮大的一种正气，一种节烈感，一种对灵魂的约束力量。这么一种力量，使得哪一个坏蛋也不敢在群众面前，伸手指一指大秋。

这激恼了汉奸，他一抓慧秀的肩，一把就提起来，吓唬着说：

“你说，哪是大秋？”

慧秀身子抖擞着，却清楚地说：“我不知道！”汉奸提着她走到场子里，一脚踏倒在地下。

一个鬼子端着刺刀跑到她的跟前，一阵难当的寒冷，划过全场的人的心。

汉奸说：

“她是庙里的姑子，她和大秋把钟坚壁起来，还说不知道。早有人报告了，她不说，别人指出大秋来，叫她看看！”

慧秀听说，用一只手支起身子来，望了林德贵一眼。林德贵坐在人群前面，刚刚抬了抬头，看见了慧秀射过来的冷冷的子弹一样的眼光，赶紧又把头垂下。

慧秀的脸焦黄，她咬着牙一个字一个字地说：

“我看着，大伙也看着，看着谁敢当汉奸！”

鬼子一刺刀穿到她的胳膊上，她倒下去，血在地上流着。

七

难道这个女人就这样死去？带着林德贵给她的伤害、侮辱，带着汉奸敌人的打骂和刀痕，就这样死去？

她不会死的。当她的血流在地上，这就是一声号令，一道檄文。全场的老百姓都不能忍耐，大秋第一个站起来，从背后掏出了火热的枪。在他后面紧跟着站起来的，是一队青年游击组。

一场混乱的、激烈的战争，敌人狼狈退走了。人们救起了慧秀，抬到大秋的家去。

不久，慧秀伤好了，身体还很弱，但是大秋提出来和她结婚。组织上同意，全村老百姓同意，就在一天夜晚，吹打着举行了婚礼。

那时情况还很紧张，敌人经常到这村来“扫荡”，人们还要经常到地里去过夜。结婚以后，慧秀身子软弱，变得很娇惯，她一步也离不开大秋。现在她活像一个孩子了，又贪睡，每逢半夜以后，大秋警觉地醒来，叫她推她，她还是撒迷怔，及至走到道沟里了，走到野地里来了，大秋走在前头，她走在后头，她还是眯着眼小声嚷脚痛、腿痛，大秋就拉着她走。

他们在远远的密密的高粱地里，自己有一个洞。洞是大秋一手建造的，又秘密又宽敞，里面放了水壶干粮，铺着厚厚的草。洞口边还栽上几棵西瓜，是预备一旦水短，摘下一个来就吃。一到洞里，她才醒了，也精神了，她强要大秋睡一下：

“不，你得睡一觉，我给你站岗。”

这样安置着大秋睡了，盖好了，她就坐在洞口侧耳细听着。是那么负责任，风来她背着身子给大秋遮风，雨来，淋湿她的衣服头发，也不叫淋在她丈夫的身上。

抗战胜利以后，林村又实行了清算复仇，土地改革，土地复查和平分，彻底斗倒了汉奸恶霸地主豪绅的林德贵。

慧秀的身子也结实了，和大秋一同做林村里的工作，还是那样活泼和热情。

大庙那地方，改成了农民开会议事演戏跳舞的大广场。广场前面长起一棵枝叶茂盛的小榆树，这棵小树向南伸出一个枝干，它顽强地伸出又固执地微微向上，好像是专为悬挂什么东西的。悬挂什么呢？村里的人把那口小钟挂在上面。这样，不管在平原秋天的夜晚，还是冬天的早晨，春季的风，夏季的雨里，它清脆洪亮的响声，成了全村男女老少的号令，是鼓励和追念，是在祝贺一个女人，她从旧社会火坑里跳出来，坚决顽强，战胜了村里和村外的仇敌。

1946 年 3 月写于蠡县刘村

“藏”

这一家就住在村边上。虽然家里不宽绰，新卯从小可是娇生惯养，父亲死的早，母亲拧着纺车把他拉扯大，真是要星星不给月亮。现在他已经是二十五岁的人，娶了媳妇，母亲脾气好，媳妇模样好，过的是好日子。媳妇叫浅花，这个女人，好说好笑，说起话来，像小车轴上新抹了油，转得快叫得又好听。这个女人，嘴快脚快手快，织织纺纺全能行，地里活赛过一个好长工。她纺线，纺车像疯了似的转；她织布，挺拍乱响，梭飞得像流星；她做饭，切菜刀案板一齐响。走起路来，两只手甩起，像扫过平原的一股小旋风。

婆婆有时说她一句：“你消停着点。”她是担心她把纺车轮坏，把机子碰坏，把案板切坏，走路栽倒。可是这都是多操心，她只是快，却什么也损坏不了。自从她来后，屋里干净，院里利落，牛不短草，鸡不丢蛋。新卯的娘念了佛了。

刚结婚那两年，夫妇的感情好像不十分好。母亲和别人说："晚上他们屋里没动静，听不见说说笑笑。"那两年两个人是有些别扭，新卯总嫌她好说，媳妇在心里也不满意丈夫的"话贵"和邋遢。但是很快就好了，夫妻间容易想到对方的好处，也高兴去迁就。不久新卯的话也多些了，穿戴上也干净讲究了。

浅花好强，她以为新卯不好说不算什么，只要心眼实在，眉里眼里有她也就够了。而且看来新卯在她跟前话也真是不少。她只是嫌他当不上一个村干部。年上冬天，新卯参加了村里的工作，并且人们全说他是个顶事的干部，掌着大权，是村里的"大拿"。可是他既不是村长，又不是农会主任，不是治安员也不是调解委员。浅花问他他不说，晚上问，他装睡着了，呼呼地打鼾睡。浅花有气："什么话这样贵重，也值得瞒着我？"她暗施一计：在黑暗里自言自语地说："唉，八路军领导的这是什么世道啊！""你说这是什么世道，八路军哪一点对不起你？"新卯醒了，他狠狠地给她讲了一番大道理，上了一堂政治课，粗了脖子红了脸，好像面对着仇人。浅花暗笑了，她说：

"你是这里边的虫，好坚决，和我也不说实话。"

"你嘴浅。"新卯说。

他又转过身去睡了，这样常常气得浅花一直睁眼到天明。今年春天，春耕地耘上了，出全了苗，该锄头遍了，新卯却什么活也不愿意去做。在家里的时候更少了，每天黑更半夜才家来，早晨天一亮，就披上袍子出去了，家不像他的家，家里的人见他的面也难。浅花又是六七个月的身子，饭熟了还得挺着大肚子满街去找他，也不一定找得来，找回来像赴席一样，喝上一碗饭，将筷子一摆，就披上那件破棉袍子出去了。一顿饭什么话也不说。他的母亲虽然心疼儿子，可是对他近来的行动也不满意，只是存在心里不说；浅花可憋着一肚子气等机会发泄。她倒不是怨他不到地里去做活，她伤心的是近来对家里的人太冷淡，他那嘴像封起来的，脸上满挂着霜，一点笑模样也看不见。半夜人家睡醒一觉了，他才家来，什么也不说，倒头便睡，你和他念道个家长里短吧，他就没好气地说：

“你叫人歇一下子吧，我累。”

浅花说：

“你累什么呀？水你不挑，柴你不抱，地你不锄，草苗快一般高了！”

“你不知道我有工作？”

他倒发火了。浅花只好冷冷地一笑，过半天自己又忍不住地小声问道：

“你近来做什么工作呀?”

“你没听说风声不好?”

“风声不好，我看又是谣言。就是吧，你也得照顾自己的身子呀，你近来脸色不好，身上又瘦多了。”

这时她才心疼起他来。他近来吃饭很少，眼都陷了下去，叫他睡觉吧，她不言语了。

又过了两天，他竟连夜不家来睡觉，天明了才家来，累得不像个人样子，进家就睡了，睡上多半天才起来；可是天一擦黑便又精神起来，央告着说：

“给我做点好吃的吧。”

母亲听见了便说：

“你给他炒个鸡蛋烙张饼。”

媳妇虽然不高兴他出去，却也照样给他做了，看着他一边吃，她一边问：

“吃了好东西干什么去?”

他咧着油光的大厚嘴唇说：

“这可不能告诉你!”

乡下的夫妇，有这么三天五天不在一条炕上，浅花就犯了疑心。她胡猜乱想，什么工作呀，夜间出去白天回来？她家住在顶南头村外，不常有人来；她想，村里干部多着呢，别人不一定这样。这一天，大街上刘喜的媳妇来借梭来，浅花就问她：

“大嫂子，你听见说敌人又要出来‘扫荡’吗？”

“没听见说呀！‘扫荡’怕什么呀，我就不怕。”

“可是俺家他爹没事忙，现在连黑夜间也不家来睡觉了！”

“哈！不家来睡觉，到哪里睡呀？”这女人大吃一惊，张着嘴问。

“谁知道，有这么三四宿了，人家说工作忙。”浅花叹了一口气。

“准是工作忙呗！”那女人说着，却撇了撇嘴，“工作忙，一天家是男女混杂，咱也不知道那是干什么工作！”

“大嫂子，你听见什么风声了吗？”浅花直着眼问。

“没有，你家他爹很老实，不像那些流氓蛋，你们夫妻的感情又不错！不过你要留点神，年轻的人说变心可快哩！街上那些小狐狸们可能勾引着哩！说句不嫌你见怪的话吧，哪一个不比你年轻。”

这一晚浅花留上心，心里也顶生气。做晚饭了，丈夫从炕上爬起来眯着眼走出来说：

“擀点白条子吃吧？”

浅花的脸刷地拉下来，嘴撅得可以拴一匹小驴，脸上阴的只要有一点风吹就可滴下水来；半天才丧声丧气地说：

“吃好的吧，你是有了功的了！”

"有功没功，反正尽自己的责任。"丈夫认真地说。

"瓮里没水！"浅花把手里的空水瓢往瓮里一丢，大声地说。

"我去担。"丈夫不紧不慢地担起水桶出去了。

等他担了水来，浅花还是生气，在灶火前低着头，手里撕着一根柴火叶。丈夫说：

"快烧吧，你也知道发愁？别发愁，只要我们有准备，多么困难的环境也能通过去。"

浅花越听越没有好气，她想，你念什么咒呀！她打起火来，可是手有些颤，火镰凿在火石上，火星却落不到火绒上。丈夫接过去给她打着了，咧着大嘴笑了笑说：

"真笨。"

"我们是笨。"浅花把火点着，一手拉动风箱，"你去找精灵的去啊！"丈夫也听不出头绪，他以为女人也正在不高兴，他就坐在台阶上去，看着野外的高粱在晚风里摇摆。近来天旱，高粱长的才一尺来高，他想，下场透雨吧，高粱长起来，就是敌人"扫荡"也就不怕了。他望着那里发呆，浅花又忍不住，她扭转头来问：

"你别又装傻，我问你，这几日夜里你出去干什么来？"

"搞工作。"丈夫回过头来，还是心平气和地说。

"什么工作？"

"抗日工作。"

"你不用和我花马掉嘴，你好好地告诉我没事!"

女人是那么横，直眉瞪眼脸发青，丈夫也有些恼了。恼的是，女人为什么这么糊涂，这么顽固，这么不知心，这么不心疼人！我黑间白日累个死，心里牵挂着这些事，她不知道安慰我，还净找斜碴！他也嚷着说：

"我不能告诉你！你为什么这么横？你审我吗?"

母亲听见他们吵嘴，赶紧出来说了两句，两人才都不言语了。这一顿晚饭，一家人极不痛快，谁也没说话。

等新卯吃完饭，母亲将他叫到屋子里说：

"你整天整夜忙的什么，也不在家里照顾照顾。"

新卯没有说话，守着母亲坐了一会。天已经大黑了，他走到外间屋里，想出去，浅花正在门帘外镇着，一伸手就把他拉到自己屋里来；她在炕沿上一坐，哭着说：

"今黑夜你就不能出去，你出去我死在你手里!"

新卯瞪了瞪眼，想发火，但转眼看了看她，他忍下去了。他在屋里转了一会，浅花汪着两眼泪盯着他，他叹了一口气说道：

"我再出去一晚上。"

"不行!"

“你行行好，我算向你告假。”

“不行。”

浅花转过脸去啼哭起来，那脸在灯光下是那样的黄，过了一会，转动那笨重的大肚子仄到炕上去了。新卯又在屋里转了半天，他一边脱衣裳一边向媳妇解释：

“听你的话碴，好像我在外边有男女关系。绝没有那回事，你怎么这样猜疑呢，我是那样的人吗？”

浅花转过脸来说：

“没有那回子事，为什么净夜里出去，为什么一出去就是一宿，一回来就是那么乏，还向我要好的吃，我没那些个好东西来养着你！”

新卯说：

“你不信就罢，这反正和你说不着。”他钻进被窝睡去了。浅花爬起来脱了衣服吹灭灯也睡了。外面起了风，吹得窗户纸响，外边的柴火叶子也飞着。不久，浅花翻过身去呼呼地睡着了。

新卯静静地躺着，静静地坐起来，穿好衣服。下炕来，摸到外间，轻轻地开了门。外面很黑，风很大，但是春天的风吹到脸上是暖的，叫这样的风吹着，人的身上也懒起来，身子轻飘飘的，反倒有些睡意了。他集中了一下精神，振作了一下，奔着村南走去。他顺着那条窄窄的通到菜园子的小道走去，野外也很黑，但他可以看见那一望无边的高粱地在风里滚动，在远处柳树林的风很大，忽忽地响。

在他后面，浅花像一片轻轻的叶子从门里飘出来。她的身上虽然很笨重，但是她提着一口气走得很轻妙，她的两只眼什么也顾不得看，只望定了前边的黑影子紧跟着。她怕他一回头看见，又轻轻地躲闪，她走几步就停一下，常常很快地蹲下去，又很快地站起来。她心里又糊涂又害怕，他是到哪里去呢？

她看见新卯走到菜园子里站住了。她一闪就进了高粱地，坐下去，一尺高的高粱，正好遮住她的身子，但遮不住她的眼睛，她看见他冲着井台走过去了。她心里猛然跳了一下，半夜三更他到井边去干什么？要浇园白天浇不了吗？他又没带着水斗子，莫非有什么发愁的事或者是生了我的气要寻短见？这个人可是死心眼。她一挺就立起来。他真的一转身子掉到井里去了。

浅花叫了一声奔着井沿跑去，她心里一冷，差一点没有栽倒地上死过去。她想，竟来不及拉他一把，自己也跳到井里去吧。忽然新卯从井内把头伸出来，举着一只手大声问：“你是谁？”浅花没听清他说的什么，她哭着喊着跑过去，拉住自己丈夫的那只手，他手里抓着一支橛枪。她紧紧地攥他的手，死力往上拉，她哭着说：“你不能死，你先杀了我吧！”新卯一把推了她三尺远，耸身跳出来，狠狠地压低声音说道：“你这是干什么？”浅花又跑过去拉住他不放，她躺在新卯的怀里，哭得是那么伤心，那么动情，以致使新卯的心热起来，感觉到在这个女人心里，他竟是这么重要。他的嘴唇动了两动，真想把真情实话告诉给她，但他心里一转想道：一个女人在你身边滴这么几点泪，就暴露了秘密，那还算什么人？可是，告诉她不是告诉别人，她不会卖我；假如她叫敌人抓住了呢，能够在刺刀前面，烈火上面也不说出这个秘密吗？谁能断定？这样一想他又把嘴闭紧了。他说：

“我不死，你回去吧。”

“你和我一起回去。”

“你看你又是这样，你总是这么缠磨我，耽误我的工作，那我就不再见你了。”

浅花呆在黑影里，好像也看见丈夫那生了气的老实样子。她是聪明人，她想到了一些来由，她轻轻笑了，擦了擦眼泪，坐正了说：

“你不对我说，我不怪你。该知道的就知道，不该知道的我也不强要你告诉我。”

“这才算明白人！”新卯肯定地说。

“你也得早些回去。”女人站起来要走，她转眼又看了看丈夫，忽然心里一酸。她觉得自己是错怪了他，他是为了工作，才不回家吃饭，不进家睡觉，夜里一个人在地里偷偷地干活。她觉得丈夫有这么一个别人赶不上、自己也赶不上的大优点。她好像上到了摩天的高山，走进了庄严的佛殿，听见了煽动的讲演，忽然觉得自己的心胸也一下宽阔了，忘记了自己，身上好像来了一股力量，也想做那么一些工作，像丈夫一样。

“我能帮助你吗?”她立定了问。

“不用，你看你那么大肚子。”丈夫催她走了。

浅花转身走了几步。既然知道丈夫夜间出来不是为了男女关系，倒是为了抗日工作，不觉涌出了一种放下了心的愉快，一种因为羞愧引起的更强烈的爱情，一种顽皮的好奇心。她走到丈夫看不到的地方停了一会，又轻轻绕了回来，走到井边，已经看不见丈夫了。

她一个人坐在井台上。风渐渐小了，天空渐渐清朗，星星很稀，那几颗大的星星却很亮。她探望井里，井虽然深，但可以看见那像油一样发光，像黑绸子一样微微颤抖的泉水。一颗大星直照进去，在水里闪动，使人觉得水里也不可怕，那里边另有一个小天地。

田野里没有一点声音，村里既然没有狗叫，天还早也没有鸡鸣。庄稼地里吹过来的风，是温暖的，是干燥的，是带着小麦的花香的。浅花坐在井台上，静静地听着想着。

一个在这里等着想着，那一个却在远远的一块小高粱地里，一棵小小的柳树下面，修造他避难和斗争的小道口。他把几夜来掘出的土，匀整地撒到更远的地里去。在洞口，他安好一块四方的小石板；然后他倚在那小柳枝上休息了。他赤着膀子，叫春天的夜风吹着，为工作的完成高兴，为同志的安全放宽了心，为那远远的胜利日子急躁，为那就要来到的大“扫荡”不安。

然后他把那方小石头掀开，伏下身像条蛇一样钻了进去。他翻上翻下弯弯曲曲地爬着，呼吸着里面湿潮的土气，身上流着汗。他在那个大堡垒地方休息了一会，长好的草上已经汪着一层水。他又往前爬，这里的洞，更窄更细了，他几乎拉细了自己的身子，才钻到了那最后一个横洞。他抽开几个砖，探身出来，看见了那碧油油的井水，不觉用力吸了一口清凉的空气，两只脚登着井砖的错边，上了井口。那一个还在那里发呆，没有发觉哩。

“怎么你还没走?”

“我守着你。”

“你这人!”丈夫唉了一声。

“我知道了。你这里是个洞，叫谁藏在里面?”浅花笑着问。

丈夫不高兴，他说:

“你问这些事干什么，想当汉奸?”

浅花还是笑着说：

“我想起了一件事，自己的事得自己结记着，你是不管的。”

丈夫披上他的衣服没有答声。

“我快了，要是敌人‘扫荡’起来，能在家里坐月子？我就到你这洞里来。”

“那可不行，这洞里要藏别的人。”新卯郑重地说，“坐月子我们再另想办法。”

以后不多几天，这一家就经历了那个一九四二年五月的大“扫荡”。这残酷的战争，从一个阴暗的黎明开始。

能用什么来形容那一月间两月间所经历的苦难，所眼见的事变？心碎了，而且重新铸成了；眼泪烧干，脸皮焦裂，心脏要爆炸了。

清晨，高粱叶黑豆叶滴落着夜里凝结的露水，田野看来是安静的。可是就在那高粱地里豆棵下面，掩藏着无数的妇女，睡着无数的孩子。她们的嘴干渴极了，吸着豆叶上的露水。如果在大风天，妇女们就把孩子藏到怀里，仄下身去叫自己的背遮着。风一停，大家相看，都成了土鬼。如果是在雨里，人们就把被子披起来，立在那里，身上流着水，打着冷战，牙齿得得响，像一阵风声。

浅花的肚子越沉重了，她也得跟着人们奔跑，忍饥挨饿受惊怕。她担心自己的生命，还要处处留神肚里那个小生命。婆婆也很担心浅花那身子，她计算着她快生产了，像这样整天逃难，连个炕席的边也摸不着，难道就把孩子添在这潮湿风野的大洼里吗？

在一块逃难坐下来休息的时候；那些女伴们也说：

“你看你家他爹，就一点也不管你们，要男人干什么用呀！这个时候他还不拉一把扯一把！”

浅花叹了一口气说：“他也是忙。”

“忙可把鬼子打跑了哇，整天价拿着破橛枪去斗，把马蜂窝捅下来了，可就追着我们满世界跑，他又不管了。”一个女伴笑着说，“现在有这几棵高粱可以藏着，等高粱倒了可怎么办哩？”

“我看我恐怕只有死了！”浅花含泪道。

“去找他！他还能推得这么干净……”女同伴们都这样撺掇她。

浅花心里明白，现在她不能去麻烦丈夫，他现在正忙得连自己的命也不顾。只有她一个人知道新卯藏在小菜园里，每天下午情况缓和了，浅花还得偷偷给他送饭去。

和丈夫在一块的还有一个年轻的人，浅花不认识，丈夫也没介绍过。刚见面那几天，这个外路人连话也不说，看见她来送饭，只是笑一笑，就坐下来吃。浅花心里想，哪里来的这么个哑巴；后来日子长了，他才说起话来，哇啦哇啦的是个南蛮子。

从浅花眼里看过去，丈夫和这个外路人很亲热。外路人说什么，丈夫很听从。浅花想：真是，你要这么听我说也就好了。

这天她又用布包了一团饭，揣在怀里，在四外没有人走动的时候，跑进了对面的高粱地，从一人来高密密的高粱里钻过去，走到自家的菜园。高粱地里是那样的闷热，一到了井边，她感觉到难得的舒畅和凉快。

太阳光强烈地照着，园子里放散着黑豆花和泥土潮热的香甜味道。

这小小的菜园，就做了新卯和那个人退守的山寨。他们在井台上安好了辘轳，还带了一把锄，将枪掖在背后的腰里，这样远远看去，他们是两个安分的农夫，大大的良民。虽然全村广大的土地都因为战争荒了，这小小的菜园却拾掇的异常出色。几畦甜瓜快熟了，懒懒地躺在太阳光下面。

人还没有露面，这沉重凸胀的大肚子先露了出来。新卯那大厚嘴唇就动了动，不知道因为是喜爱还是心疼。

“那边没事吗?”他问。

浅花说：“没有。”

新卯和那人吃着饭，浅花坐在一边用褂子襟扇着汗，那个人问：

“这几天有人回家去睡觉了?”

“家去的不少了，鬼子修了楼，不常出来，人们就不愿再在地里受罪了。”浅花说。

“青年人有家去的吗?”那人着急地问。

“没有。”新卯说，“我早下了通知。”

那个人很快地吃完饭，站起身来，望望她的肚子笑着说：

“大嫂子，快了吧，还差多少日子?”

浅花红了脸看着丈夫。那人又问新卯，新卯说：

“谁闹清了她们那个!”

“你这个丈夫!”那个人说，“要关心她们么！我考虑了这个问题，在家里生产不好，就到这洞里来吧，我们搬到上面来睡，保护着你，你说好不好?”

浅花笑着说：

“那不成了耗子吗?”

“都是鬼子闹的么!”那个人愤愤地说。

新卯吃完了饭，跑去摘了几个熟透了的大甜瓜，自己吃着一个，把那两个搬到浅花面前，他说：

“还是这个玩意省事，熟透了不用摘，一碰自己就掉下来了。”

浅花狠狠地斜了他一眼。

她回到家里，心里犹豫着，她不愿去扰乱丈夫，又在家里睡了。

这一晚上，敌人包围了他们。满街红灯火仗，敌人把睡在家里的人都赶到街上去，男男女女哆里哆嗦走到街上，慌张地结着扣子提上鞋。

敌人指名要新卯，人们都说他不在家，早跑了。敌人在人群里乱抽乱打，要人们指出新卯家的人，人们说他一家子都跑了。那些女人们，跌坐在地上，身子使劲往下缩，央告着前面的人把自己压在下面。当母亲的用衣襟盖住孩子的脸，用腿压住自己的女儿。在灯影里，她们尽量把脸转到暗处，用手摸着地下的泥土涂在脸上。身边连一点柴火丝也没有，有些东西掩盖起自己就好了。

敌人不容许这样，要人们直直地跪起来，把能找到的东西放在人们的手里，把一张铁犁放在一个老头手里，把一块门扇放在一个老婆手里，把一根粗木棍放在一个孩子手里，命令高高举起，不准动摇。

敌人看着人们在那里跪着，托着沉重的东西，胳膊哆嗦着，脸上流着汗。他们在周围散步，吸烟，详细观看。

浅花托着一个石砘子，直着身子跪着，肚子里已经很难过，高举着这样沉重的东西，她觉得她的肠子快断了。脊背上流着冷汗，一阵头晕，她栽倒了。敌人用皮鞋踢她，叫她再跪好，再高举起那东西来。

夜深了，就是敌人也有些困乏，可是人们还得挣扎着高举着那些东西。

灯光照着人们。照在敌人的刺刀上，也照在浅花的脸上，一点血色都没有，流着冷汗。她知道自己就要死了，她想思想点什么，却什么也不能想。

她眼里冒着金星，在眼前飞，飞，又落下，又飞起来。

谁来解救？一群青年人在新卯的小菜园集合了，由那外路人带领，潜入了村庄，趴在房上瞄准敌人脑袋射击。

敌人一阵慌乱，撤离了村庄。他们把倒在地下的浅花抬到园子里去。

不久，她就在洞里生产了。

洞里是阴冷的、潮湿的，那是三丈深的地下，没有一点光，大地上的风也吹不到这里面来。一个女孩子在这里降生了，母亲给她取了个名，叫“藏”。

女孩子的第一次哭声只有母亲和那深深相隔不远的井水能听见，哭声是非常悲哀和闷塞的。

在外面的大地里，风还是吹着，太阳还是照着，豆花谢了结了实，瓜儿熟了落了蒂，人们还在受着苦难，在田野里进行着斗争。

1946 年 10 月重改于河间

新安游记

在端村，人们对新安的印象是：那里的人好吃懒做，闹排场，男人们坐茶馆，女人们梳妆打扮。在端村的旧货摊上，我见过华贵的屋内陈设的木器和华丽的妇女们穿过的衣服，据说也是从新安清算出来的。有些人过着这样的生活，就该有一些人过着另外一样生活。

我到了新安。它四面被水包围，人们串亲也坐着拖床。街道很长，但已经看不见这里繁华的痕迹。街上没有什么茶馆，也看不见穿绸挂缎的妇女。新安只剩下了一条大街，此外的房舍，全部被敌人烧毁成为瓦砾。

我顺着拆毁的城墙走到东北角上，城外水很深，并且有船只停泊，想是一个渡口。城墙里面一道深沟，过去是一处高大的宅院，这宅院选择的地势十分险要。河边，一个十五六的女孩子正在擦抹着她家的船只。经她指点，我才知道这就是大汉奸恶霸熊万东的住宅。那时候，新安的除奸团很厉害，可是除不了熊万东。他深宅大院，房后就是城墙，前院驻扎着日本宪兵队。

老汉奸以为是保了险的，整天不出大门一步。

八月十五晚上，老汉奸酒足饭饱，坐在客厅里赏月，一把盒子枪放在他手边的乌漆八仙桌上。后院里，他的儿媳妇正陪着日本宪兵队长打牌取乐，嘻嘻哈哈的声音，不时传过来。老汉奸以为他的江山，简直是万世的基业了。

忽然帘子一动，闪进一个人来。老汉奸一抓盒子问：

“谁?”

“是我，大伯。”进来的人安静地低声说。

老汉奸并没放松，他把身子一闪，就要射击，但在月亮底下，他看得清清楚楚，他的侄儿手里什么东西也没有，并且低着头，非常温顺。老汉奸又喝道：

“你来找死?”

“愿意把我打死也可以。”他侄儿显得十分可怜地说，“全凭大伯。我在外面也实在混不了!”

“为什么混不了？你不是参加了除奸团，很红吗?”

“我怎么也斗不过大伯。日本人到处抓我，逼得我走投无路，我还是得回来求大伯你。”

“求我干吗？去求你的上级呀！”

“我决心不干了。新安这地方，我不能站脚，我想到天津去，求大伯给我一点盘费。”

“我一个大也没有！”老汉奸退回来，坐在椅子上，忽然大声喊：“你掏什么？”

侄儿从腰里抽出一把盒子，笑着说：“我带来了一支盒子，这是一支顶好的枪，送给大伯。大伯有钱，也难讨换这么一件家伙！”

他倒拿着枪，交给他的大伯：

“我求大伯看在这支枪面子上，借给我五十块钱。”

老汉奸把侄子的枪拿过来，走到钱柜那里去，他想把枪支藏起，叫他滚蛋。

他一猫腰，他的脑袋掉下来，砸在钱柜上。一把明亮的刀在黑影里一闪。那个侄儿把两支枪带好，就到了上房。

在上房，他一刀砍死日本宪兵队长，又用枪逼着他的堂弟和堂弟妹来到客厅，他命令：

“张包！”

他堂弟扯起大衣襟，他在钱柜上抓起一件东西放进去：

“走!”

“大哥，我爹哩?”

“不要找他！走！上房！你哭，我砍了你!”他对他堂弟妹说。

他带着两个汉奸男女上房，下房，过壕沟上城墙。

城墙外边有一只小船等在那里，他们来到船上。

“大哥，我爹哩?”

“你看包里是什么?”汉奸兄弟解开包一看，皓月当空照见他爹的人头，他哎呀一声。小船箭一样开走了。

这就是有名的熊氏三杰的英雄故事中间的一个。

“他为什么杀了他的大伯?”在解放区，是没人发这样糊涂的问题的。这位英雄不久牺牲在新安城下。他吃醉了酒，受了奸人的骗：“要拿新安了!”他跳下炕来就奔着县城跑去，他爬上城墙，敌人打中了他，翻身跌了下来。伙伴说：“你挂了彩，我背你回去!”

他一摆手，说：“不用！我是没用的人了。这样也就够本了!”他举枪打死了自己。

其实，敌人只打折了他的左腿。

关于他的两条腿，有很多传说，新安一带，都说他是飞毛腿。有人说，飞毛不飞毛不知道，反正他走路特别溜撒，孩童的时候，常见他沿着城墙垛口飞跑。

也许有人要问：为什么只坏了一条腿就打死自己？这问题就很难答复。为什么不残废的活着？我好像听说，有一只鹰，非常勇猛，损坏了一根羽翎，它就自己碰死在岩石上。为什么它要碰死？

冰连地结的新安，有一种强烈的悲壮的风云，使人向往不止。

1947 年 3 月

光 荣

饶阳县城北有一个村庄，这村庄紧靠滹沱河，是个有名的摆渡口。大家知道，滹沱河在山里受着约束，昼夜不停地号叫，到了平原，就今年向南一滚，明年往北一冲，自由自在地奔流。

河两岸的居民，年年受害，就南北打起堤来，两条堤中间全是河滩荒地，到了五六月间，河里没水，河滩上长起一层水柳、红荆和深深的芦草。常常发水，柴火很缺，这一带的男女青年孩子们，一到这个时候，就在炎炎的热天，背上一个草筐，拿上一把镰刀，散在河滩上，在日光草影里，割那长长的芦草，一低一仰，像一群群放牧的牛羊。

"七七"事变那一年，河滩上的芦草长得很好，五月底，那芦草已经能遮住那些孩子们的各色各样的头巾。地里很旱，没有活做，这村里的孩子们，就整天缠在河滩里。

那时候，东西北三面都有了炮声，渐渐东南面和西南面也响起炮来，证明敌人已经打过去了，这里已经亡了国。国民党的军队和官员，整天整夜从这条渡口往南逃，还不断骚扰抢劫老百姓。

是从这时候激起了人们保家自卫的思想，北边，高阳肃宁已经有人民自卫军的组织。那时候，是一声雷响，风雨齐来，自卫的组织，比什么都传流得快，今天这村成立了大队部，明天那村也就安上了大锅。青年们把所有的枪支，把村中埋藏的、地主看家的、巡警局里抓赌的枪支，都弄了出来，背在肩上。

枪，成了最重要的、最必需的、人们最喜爱的物件。渐渐人们想起来：卡住这些逃跑的军队，留下他们的枪支。这意思很明白：养兵千日，用兵一时；大敌压境，你们不说打仗，反倒逃跑，好，留下枪支，交给我们，看我们的吧！

先是在村里设好圈套，卡一个班或是小队逃兵的枪；那常常是先摆下酒宴，送上洋钱，然后动手。

后来，有些勇敢的人，赤手空拳，站在大道边上就卡住了枪支；那办法就简单了。

这渡口上原有一只大船，现在河里没水，翻过船底，晒在河滩上。船主名叫尹廷玉，是个五十多的老头子，弄了一辈子船，落了个“车船店脚牙”的坏名儿，可也没置下产业。他有一个儿子刚刚十五岁，名叫原生，河里有水的时候，帮父亲弄弄船，现在船闲着，他也就整天跟着孩子们在河滩里看过逃兵，看过飞机，割芦苇草。

这一天，割满了草筐，天也晚了，刚刚要杀紧绳子往回里走，他听得背后有人叫了他一声。

“原生！”

他回头一看，是村西头的一个姑娘，叫秀梅的，穿着一件短袖破白褂，拖着一双破花鞋，提着小镰跑过来，跑到原生跟前，一扯原生的袖子，就用镰刀往东一指：东面是深深一片芦苇，正叫晚风吹的摇摆。

“什么？”原生问。

秀梅低声说：

“那道边有一个逃兵，拿着一支枪。”

原生问：

“就是一个人？”

“就是一个。”秀梅喘喘气咬咬嘴唇，“崭新的一支大枪。”

“人们全回去了没有？”原生周围一看，想集合一些同伴，可是太阳已经下山，天边只有一抹红云，看来河滩里是冷冷清清的没有一个人了。

“你一个人还不行吗？”秀梅仰着头问。

原生看见了这女孩子的两只大眼睛里放射着光芒，就紧握他那镰刀，拨动苇草往东边去了。秀梅看了看自己那一把弯弯的明亮的小镰，跟在后边，低声说：

“去吧，我帮着你。”

“你不用来。”原生说。

原生从那个逃兵身后过去，那逃兵已经疲累得很，正低着头包裹脚上的燎泡，枪支放在一边。原生一脚把他踢趴，拿起枪支，回头就跑，秀梅也就跟着跑起来，遮在头上的小小的白布手巾也飘落下来，丢在后面。

到了村边，两个人才站下来喘喘气，秀梅说：

“我们也有一支枪了，明天你就去当游击队！”

原生说：

“也有你的一份呢，咱两个伙着吧！”

秀梅一撇嘴说：

“你当是一个雀虫蛋哩，两个人伙着！你拿着去当兵吧，我要那个有什么用？”

原生说：

“对，我就去当兵。你听见人家唱了没：男的去当游击队，女的参加妇救会。咱们一块去吧！”

“我不和你一块去，叫你们小五和你一块去吧！”秀梅笑一笑，就舞动小镰回家去了。走了几步回头说：

“我把草筐和手巾丢了，吃了饭，你得和我拿去，要不爹要骂我哩！”

原生答应了。原生从此就成了人民解放军的战士，背着这支枪打仗，后来也许换成“三八”，现在也许换成“美国自动步”了。

小五是原生的媳妇。这是原生的爹那年在船上，夜里推牌九，一副天罡赢来的，比原生大好几岁，现在二十了。

那时候当兵，还没有拖尾巴这个丢人的名词，原生去当兵，谁也不觉得怎样，就是那登上自家的渡船，同伙伴们开走的时候，原生也不过望着那抱着小弟弟站在堤岸柳树下面的秀梅和一群男女孩子们，嘻嘻笑了一阵，就算完事。

这不像是离别，又不像是欢送。从这开始，这个十五岁的青年人，就在平原上夜晚行军，黎明作战；在阜平大黑山下砂石滩上艰苦练兵，在盂平听那滹沱河清冷的急促的号叫；在五台雪夜的山林放哨；在黄昏的塞外，迎着晚风歌唱了。

他那个卡枪的伙伴秀梅，也真的在村里当了干部。村里参军的青年很多，她差不多忘记了那个小小的原生。战争，时间过得多快，每个人要想的、要做的，又是多么丰富啊！

可是原生那个媳妇渐渐不安静起来。先是常常和婆婆吵架，后来就是长期住娘家，后来竟是秋麦也不来。

来了，就找气生。婆婆是个老好人，先是觉得儿子不在家，害怕媳妇抱屈，处处将就，哄一阵，说一阵，解劝一阵；后来看着怎么也不行，就说：

“人家在外头的多着呢，就没见过你这么背悔的！”

“背悔，人家都有个家来，有个信来。”媳妇的眼皮和脸上的肉越发耷拉下来。这个媳妇并不胖，可是，就是在她高兴的时候，她的眼皮和脸上的肉也是松卷的耷拉着。

“他没有信来，是离家远的过。”婆婆说。

“叫人等着也得有个头呀！”媳妇一转脸就出去了。

婆婆生了气，大声喊：

“你说，你说，什么是头呀？”

从这以后，媳妇就更明目张胆起来，她来了，不大在家里待，好在街上去坐，半天半天的，人家纺线，她站在一边闲磕牙。有些勤谨的人说她：“你坐的落意呀？”她就说：“做着活有什么心花呀？谁能像你们呀！”等婆婆推好碾子，做熟了饭，她来到家里，掀锅就盛。还常说落后话，人家问她：“村里抗日的多着呢，也不是你独一份呀，谁也不做活，看你那汉子在前方吃什么穿什么呀?”她就说：“没吃没穿才好呢。”

公公要了半辈子落道，弄了一辈子船，是个有头有脸好面子的人，看看儿媳越来越不像话，就和老婆子闹，老婆子就气得骂自己的儿子。那几年，近处还有战争，她常常半夜半夜坐在房檐上，望着满天的星星，听那隆隆的炮响，这样一来，就好像看见儿子的面，和儿子说了话，心里也痛快一些了。并且狠狠地叨念：怎么你就不回来，带着那大炮，冲着这刁婆，狠狠地轰两下子呢?

小五的落后，在村里造成了很坏的影响，一些老太太们看见她这个样子，就不愿叫儿子去当兵，说：“儿子走了不要紧，留下这样娘娘咱搪不开。”

秀梅在村里当干部，有一天，人们找了她来。正是夏天，一群妇女在一家梢门洞里做活，小五刚从娘家回来，穿一身鲜鲜亮亮的衣裳，站在一边摇着扇子，一见秀梅过来，她那眼皮和脸皮，像玩独角戏一样，瓜搭就落下来，扭过脸去。

那些青年妇女们见秀梅来了，都笑着说：

“秀梅姐快来凉快凉快吧!”说着就递过麦垫来。有的就说：“这里有个人顽固蛋，谁也剥不开，你快把她说服了吧!”

秀梅笑着坐下，小五就说：

“我是顽固，谁也别光说漂亮话！”

秀梅说：

“谁光说漂亮话来？咱村里，你挨门数数，有多少在前方抗日的，有几个像你的呀？”

“我怎么样？”小五转过脸来，那脸叫这身鲜亮衣裳一陪衬，显得多么难看，“我没有装坏，把人家的人挑着去当兵！”

“谁挑着你家的人去当兵？当兵是为了国家的事，是光荣的！”秀梅说。

“光荣几个钱一两？”小五追着问，“我看也不能当衣穿，也不能当饭吃！”

“是！”秀梅说，“光荣不能当饭吃、当衣穿；光荣也不能当男人，一块过日子！这得看是谁说，有的人窝窝囊囊吃上顿饱饭，穿上件衣裳就混得下去，有的人还要想到比吃饭穿衣更光荣的事！”

别的妇女也说：

“秀梅说得一点也不假，打仗是为了大伙，现在的青年人，谁还愿意当炕头上的汉子呀！”

小五冷笑着，用扇子拍着屁股说：

“说那么漂亮干什么，是‘画眉张’的徒弟吗，要不叫你，俺家那个当不了兵！”

秀梅说：“哈！你是说，我和原生卡了一支枪，他才当了兵？我觉着这不算错，原生拿着那支枪，真的替国家出了力，我还觉着光荣呢！你也该觉着光荣。”

“俺不要光荣！”小五说，“你光荣吧，照你这么说，你还是国家的功臣呢，真是木头眼镜。”

“我不是什么功臣，你家的人才是功臣呢！”秀梅说。

“那不是俺家的人。”小五丝声漾气地说，“你不是干部吗？我要和他离婚！”

大伙都一愣，望着秀梅。秀梅说：

“你不能离婚，你的男人在前方作战！”

“有个头没有？”小五说。

“怎么没头，打败日本就是头。”

“我等不来，”小五说，“你们能等可就别寻婆家呀！”

秀梅的脸腾地红了，她正在说婆家，就要下书定准了。别人听了都不忿，说：“碍着人家了吗？你不叫人家寻婆家，你有汉子好等着，叫人家等着谁呀！”

秀梅站起来，望着小五说：

“我不是和你赌气，我就不寻婆家，我们等着吧。”

别的人都笑起来，秀梅气得要哭了。小五站不住走了。有的就说："像这样的女人应该好好打击一下，一定有人挑拨着她来破坏我们的工作。"秀梅说："我们也不随便给她扣帽子，还是教育她。"那人说："秀梅姐！你还是佛眼佛心，把人全当成好人；小五要是没有牵线的，挖下我的眼来当泡踏！"

对于秀梅的事，大家都说：

"你真是，为什么不结婚？"

"我先不结婚。"秀梅说，"有很多人把前方的战士，当做打了外出的人，我给她们做个榜样。你们还记得那个原生不？现在想起来，十几岁的一个人，背起枪来，一出去就是七年八年，才真是个好样儿的哩！"

"原生倒是不错，"一个姑娘笑了，"可是你也不能等着人家呀！"

"我不是等着他，"秀梅庄重地说，"我是等着胜利！"

小五到村外一块瓜园里去。这瓜园是村里一个粮秣先生尹大恋开的。这人原是村里一家财主，现在村中弄了名小小的干部当着，掩藏身体，又开了个瓜园，为的是喝酒说落后话儿，好有个清净地方。

尹大恋正坐在高高的窠棚里摇着扇子喝酒，一看见小五来了就说：

“拣着大个儿的摘着吃吧，你那离婚的事儿谈得怎样了？”

小五拨着瓜秧说：

“人家叫等到打败日本，谁知道哪年哪月他们才能打败日本呀！”

“唉！长期抗战，这不是无期徒刑吗？喂，不是有说讲吗，五年没有音讯就可以。这是他们的法令呀，他们自己还不遵守吗？和他打官司呀，你这人还是不行！”

小五回来就又和公婆闹，闹的公婆没法，咬咬牙叫她离婚走了，老婆婆狠狠啼哭了一场。老头说：“哭她干什么！她是我一副牌赢来的，只当我一副牌又把她输了就算了！”

自从小五出门走了以后，秀梅就常常到原生家里，帮着做活。看看水瓮里没水，就去挑了来，看看院子该扫，就打扫干净。伏天，帮老婆拆洗衣裳，秋天帮着老头收割打场。

日本投了降，秀梅跑去告诉老人家，老人听了也欢喜。可是过了好久，有好些军人退伍回来了，还不见原生回来。

原生的娘说：

“什么命呀，叫我们修下这样一个媳妇！”

秀梅说：

“大娘，那就只当没有这么一个媳妇，有什么活我帮你做，你不是没有闺女吗，你就只当有我这么个闺女！”

“好孩子，可是你要出聘了呢？”原生的娘说，“唉，为什么原生八九年就连个信也没有？”

“大娘，军队开的远，东一天，西一天，工作很忙，他就忘记给家里写信了。总有一天，一下子回来了，你才高兴呢！”

“我每天晚上听着门，半夜里醒了，听听有人叫娘开门哩，不过是想念的罢了。这么些人全回来了，怎么原生就不回来呀？”

“原生一定早当了干部了，他怎么能撂下军队回来呢？”

“为国家打仗，那是本分该当的，我明白。只是这个媳妇，唉！”

今年五月天旱，头一回耩的晚田没出来，大庄稼也旱坏了，人们整天盼雨。晚上，雷声忽闪地闹了半夜，才淅沥淅沥下起雨来，越下越大，房里一下凉快了，蚊子也不咬人了。秀梅和娘睡在炕上，秀梅说：

“下透了吧，我明天还得帮着原生家耩地去。”

娘在睡梦里说：

“人家的媳妇全散了，你倒成了人家的人了。你好好地把家里的活做完了，再出去乱跑去，你别觉着你爹不说你哩！”

“我什么活没做完呀！我不过是多卖些力气罢了，又轮着你这么嘟哝人！”

娘没有答声。秀梅却一直睡不着，她想，山地里不知道下雨不，山地里下了大雨，河里的水就下来了。那明天下地，还要过摆渡呢！她又想，小的时候，和原生在船上玩，两个人偷偷把锚起出来，要过河去，原生使篙，她掌舵，船到河心，水很急，原生力气小，船打起转来，吓哭了，还是她说：

“不要紧，别怕，只要我把的住这舵，就跑不了它，你只管撑吧！”

又想到在芦苇地卡枪，那天黑间，两个人回到河滩里，寻找草筐和手巾，草筐找到了，寻了半天也寻不见那块手巾，直等月亮升上来，才找到了。

想来想去，雨停了，鸡也叫了，才合了合眼。

起身就到原生家里来，原生的爹正在院里收拾“种式”，一见秀梅来了，就说：

“你给我们拉砘子去吧，叫你大娘旁耧。我常说，什么活也能一个人慢慢去做，惟独锄草和耩地，一个人就是干不来。”

秀梅笑着说：

“大伯，你拉砘子吧，我拿耧，我好把式哩！我们那几亩地，都是我拿的‘种式’哩！”

“可就是，我还没问你，”老头说，“你那地全耩上没有？”

秀梅说："我前两天就耩上了，耩的'干打雷'，叫它们先躺在地里去求雨，我的时气可好哩！"

老头说：

"年轻人的时运总是好的，老了就倒霉，走吧！"

秀梅背上"种式"就走。她今天穿了一条短裤，光着脚，老婆子牵着小黄牛，老头子拉着砘子胡卢在后边跟着，一字长蛇阵，走出村来。

田野里，大道小道上全是忙着去种地的人，像是一盘子好看的走马灯。这一带沙滩，每到春天，经常刮那大黄风，刮起来，天昏地暗人发愁。现在大雨过后，天晴日出，平原上清新好看极了。

耩完地，天就快晌午了，三个人坐在地头上休息。秀梅热的红脸关公似的摘下手巾来擦汗，又当扇子扇，那两只大眼睛也好像叫雨水冲洗过，分外显得光辉。

她把道边上的草拔了一把，扔给那小黄牛，叫它吃着。

从南边过来一匹马。

那是一匹高大的枣红马，马低着头一步一颠地走，像是已经走了很远的路，又像是刚刚经过一阵狂跑。马上一个八路军，大草帽背在后边，有意无意挥动着手里的柳条儿。远远看来，这是一个年轻的人，一个安静的人，他心里正在思想什么问题。

马走近了，秀梅就转过脸来低下头，小声对老婆子说：“一个八路军！”老头子正仄着身子抽烟，好像没听见，老婆子抬头一看，马一闪放在道旁上的石砘子，吃了一惊，跑过去了。

秀梅吃惊似的站了起来，望着那过去的人说：

“大娘，那好像是原生哩！”

老头老婆全抬起头来，说：

“你看差眼了吧！”

“不。”秀梅说。那骑马的人已经用力勒住马，回头问：“老乡，前边是尹家庄不是？”

秀梅一跳说：

“你看，那不是原生吗，原生！”

“秀梅呀！”马上的人跳下来。

“原生，我那儿呀！”老婆子往前扑着站起来。

“娘，也在这里呀！”

儿子可真的回来了。

爹娘儿女相见，那一番话真是不知从哪说起，当娘的嘴一努一努想把媳妇的事说出来，话到嘴边，好几次又咽下去了。原生说：

“队伍往北开，攻打保定，我请假家来看看。”

“哎呀！”娘说，“你还得走吗？”

原生笑着说：

“等打完老蒋就不走了。”

秀梅说：

“怎么样，大娘，看见儿子了吧！”

“好孩子，”大娘说，“你说什么，什么就来了！”

远处近处耩地的人们全围了上来，天也晌午了，又围随着原生回家，背着耧的，拉着砘子的。

刚到村边，新农会的主席手里扬着一张红纸，满头大汗跑出村来，一看见原生的爹就说：

“大伯，快家去吧，大喜事！”

“什么事呀？”

“大喜事，大喜事！”

人们全笑了，说：

“你报喜报的晚了！”

“什么呀？”主席说，“县里刚送了通知来，我接到手里就跑了来，怎么就晚了！”

人们说：

“这不是原生已经到家了！”

“哈，原生家来了？大伯，真是喜上加喜，双喜临门呀！”主席喊着笑着。

人们说：

“你手里倒是拿的什么通知呀？”

“什么通知？原生还没对你们大家说呀？”主席扬一扬那张红纸，“上面给我们下的通知：咱们原生在前方立了大功，活捉了蒋介石的旅长，队伍里选他当特等功臣，全区要开大会庆祝哩！”

“哈，这么大事，怎么，原生，你还不肯对我们说呀，你真行呀！”人们嚷着笑着到了村里。

第二天，在村中央的广场上开庆功大会。

天晴的很好，这又是个热天，全村的男女老少，都换了新衣裳，先围到台下来，台上高挂全区人民的贺匾：“特等功臣”。

各村新农会又有各色各样的贺匾祝辞，台上台下全是红绸绿缎，金字彩花。

全区的小学生，一色的白毛巾，花衣服，腰里系着一色的绸子，手里拿着一色的花棍，脸上擦着胭脂，老师们擦着脸上的汗，来回照顾。

区长讲完了原生立功的经过，他号召全区青壮年向原生学习，踊跃参军，为人民立功。接着就是原生讲话。他说话很慢，很安静，台下的人们说：老脾气没变呀，还是这么不紧不慢的，怎么就能活捉一个旅长呀！原生说：自己立下一点功；台下就说：好家伙，活捉一个旅长他说是一点功。原生又说：这不是自己的功劳，这是全体人民的功劳；台下又说：你看人家这个说话。

区长说：老乡们，安静一点吧，回头还有自由讲话哩，现在先不要乱讲吧。人们说：这是大喜事呀，怎么能安静呢！

到了自由讲话的时候，台下妇女群里喊了一声，欢迎秀梅讲话，全场的人都嚷赞成，全场的人拿眼找她。秀梅今天穿一件短袖的红白条小褂，头上也包一块新毛巾，她正愣着眼望着台上，听得一喊，才转过脸东瞧瞧，西看看，两只大眼睛，转来转去好像不够使，脸飞红了。

她到台上讲了这段话：

"原生立了大功，这是咱们全村的光荣。原生十五岁就出马打仗，那么一个小人，背着那么一支大枪。他今年二十五岁了，打了十年仗，还要去打，打到革命胜利。

"有人觉着这仗打的没头没边，这是因为他没把这打仗看成是自家的事。人们光愿意早些胜利，问别人：什么时候打败蒋介石？这问自己就行了。我们要快就快，要慢就慢，我们坚决，我们给前方的战士助劲，胜利就来得快；我们不助劲，光叫前方的战士们自己去打，那胜利就来得慢了。这只要看我们每个人尽的力量和出的心就行了。

“战士们从村里出去，除去他的爹娘，有些人把他们忘记了，以为他们是办自己的事去了，也不管他们哪天回来。不该这样，我们要时时刻刻想念着他们，帮助他们的家，他们是为我们每个人打仗。

“有的人，说光荣不能当饭吃。不明白，要是没有光荣，谁也不要光荣，也就没有了饭吃；有的人，却把光荣看的比性命还要紧，我们这才有了饭吃。

“我们求什么，就有什么。我们这等着原生，原生就回来了。战士们要的是胜利，原生说很快就能打败蒋介石，蒋介石很快就要没命了，再有一年半载就死了。

“我们全村的战士，都会在前方立大功的，他们也都像原生一样，会带着光荣的奖章回来的。那时候，我们要开一个更大更大的庆功会。

“我的话完了。”

台下面大声地鼓掌，大声地欢笑。

接着就是游行大庆祝。

最前边是四杆喜炮，那是全区有名的四个喜炮手；两面红绸大旗：一面写“为功臣贺功”，一面写“向英雄致敬”。后面是大锣大鼓，中间是英雄匾，原生骑在枣红马上，马笼头马颈上挂满了花朵。原生的爹娘，全穿着新衣服坐在双套大骡车上，后面是小学生的队伍和群众的队伍。

大锣大鼓敲出村来，雨后的田野，蒸晒出腾腾的热气，好像是叫大锣大鼓的声音震动出来的。

到一村，锣鼓相接，男男女女挤得风雨不透，热汗齐流。

敲鼓手疯狂地抡着大棒，抬匾的柱脚似的挺直腰板，原生的爹娘安安稳稳坐在车上，街上的老头老婆们指指划划，一齐连声说：

“修下这样好儿子，多光荣呀！”

那些青年妇女们一个扯着一个的衣后襟，好像怕失了联络似的，紧跟着原生观看。

原生骑在马上，有些害羞，老想下来，摄影的记者赶紧把他捉住了。

秀梅满脸流汗跟在队伍里，扬着手喊口号。她眉开眼笑，好像是一个宣传员。她好像在大秋过后，叫人家看她那辛勤的收成；又好像是一个撒种子的人，把一种思想，一种要求，撒进每个人的心里去。她见到相熟的姐妹，就拉着手急急忙忙告诉说：

“这是我们村里的原生，十五上就当兵去了，今年二十五岁，在战场上立了大功，胸前挂的那金牌子是毛主席奖的哩。”

说完就又跟着队伍跑走了。这个农民的孩子原生，一进村庄，就好把那放光的奖章，轻轻掩进上衣口袋里去。秀梅就一定要他拉出来。

大队也经过小五家的大门，一到这里，敲大鼓的故意敲了一套花点，原想叫小五也跑出来看看的，门却紧紧闭着，一直没开。

队伍在平原的田野和村庄通过，带着无比响亮的声音，无比鲜亮的色彩。太阳在天上，花在枝头，声音从有名的大鼓手那里敲打，这是一种震动人心的号召：光荣！光荣！

晚上回来，原生对爹娘说："明天我就回部队去了。我原是绕道家来看看，赶巧了乡亲们为我庆功，从今以后，我更应该好好打仗，才不负人民对我的一番热情。"

娘说："要不就把你媳妇追回来吧！"

原生说："叫她回来干什么呀！她连自己的丈夫都不能等待，要这样的女人一块革命吗？"

爹说："那么你什么时候才办喜事呢？以我看，咱寻个媳妇，也并不为难。"

原生说："等打败蒋介石。这不要很长的时间。有个一年半载就行了。"

娘又说："那还得叫人家陪着你等着吗？"

"谁呀？"原生问。

"秀梅呀！人家为你耽误了好几年了。"娘把过去小五怎样使歪造耗，秀梅怎样解劝说服，秀梅怎样赌气不寻婆家，小五走了，秀梅怎样体贴娘的心，处处帮忙尽力，原原本本说了一遍。

在原生的心里，秀梅的影子，突然站立在他的面前，是这样可爱和应该感谢。他忽然想起秀梅在河滩芦苇丛中命令他去卡枪的那个黄昏的景象。当原生背着那支枪转战南北，在那银河横空的夜晚站哨，或是赤日炎炎的风尘行军当中，他曾经把手扶在枪上，想起过这个景象。那时候，在战士的心里，这个影子就好比一颗流星，一只飞鸟横过队伍，很快就消失了。现在这个影子突然在原生心里鲜明起来，扩张起来，顽强粘住，不能放下了。

在全村里，在瓜棚豆架下面，在柳荫房凉里，那些好事好谈笑的青年男女们议论着秀梅和原生这段姻缘，谁也觉得这两个人要结了婚，是那么美满，就好像雨既然从天上降下，就一定是要落在地上，那么合理应当。

1948 年 7 月 10 日饶阳东张岗

浇　园

七月里，一天早晨，从鸡叫的时候，就听见西边炮响，响的很紧。村里人们早早起来，站在堤上张望，不久，从西边大道上过来了担架队，满是尘土和露水。担架放在村边休息；后边又过来了一副，四个高个儿小伙子抬着，走的最慢，他们小心看着道路，脚步放轻。村边的人知道床上的人一定伤很重，趋上前面去。担架过来，看好平整地方，前后招呼着放下，民工的脸上，劳累以外满挂着忧愁。慰劳股的妇女们俯下身去看望伤员，前边的大个子擦着脸上的汗，说：

"唉！你们轻轻的吧！"

随后叹了一口气。另一个大高个子说：

"我看不用叫他了，一路上他什么东西也不吃。"

人们全围上来，大个子又说：

“真是好样儿的呀，第一个爬梯登城，伤着了要紧的地方，还是冲上去，打！直到把敌人打下城去，我们的人全上来，才倒在城墙边上，要是跌下城来，可就没救了。”

“谁知道这能好了好不了！是个连长，才二十岁。”后面另一个大个儿接着说。

村里住下八个伤号，伤重的连长要住个清净地方，就住在香菊的家里了。香菊忙着先叫小妹妹二菊跑回家，把屋子和炕好好打扫一遍。人们把伤号安置好，伤号有时哼哼两声，没有睁开眼睛。

香菊站在炕沿边望了一会他的脸，不敢叫醒他，不敢去看他的伤。香菊从小不敢看亲人流的血，从来也不敢看伤员的血，同年的姐妹们常常笑话她胆小。几次村中青年妇女们拆洗伤员的粘着血迹的被子和衣服，香菊全拒绝了。她转过身来对站在她身后的二菊说：

“去烧火！”

二菊害怕姐姐又骂她不中用，抱了一把柴火进来，就拉风箱。香菊小声吓唬她：

“你该死了，轻着点！”

温热了水，香菊找出了过年用的干净手巾，给伤员擦去了脸上的灰尘。香菊看见他很年轻，白白的脸，没有血色；大大的眼睛，还是闭着。看来是很俊气很温柔的。二菊到窗台上的鸡窠去摸鸡蛋，鸡飞着，叫起来，二菊心里害怕姐姐骂，托着鸡蛋进来，叫姐姐看。

香菊轻轻叫醒伤号，喂着他吃了。吃完了，伤号抬起头来，望了望香菊，就又躺下了。

香菊每天夜里和秋花嫂子去就伴，白天和秋花搭伙纺线织布，回到家来就问二菊：他轻些了吗？叫喊没有？同时告诉小妹妹：鸡下了蛋就把它赶出去；有人来捶布，叫他到别人家，不要惊动病人。

几天来，伤号并没有见轻，香菊总是愁眉不展，在炕边呆呆地站一会，又在窗台下呆呆站一会，才到秋花家里来。在街上，有那些大娘们问她：

“香菊，你家那个伤号轻些了吗？”

香菊低着头说：

“不见轻哩！”

她心里沉重的厉害。这些日子，她吃的饭很少，做活也不上心。只有秋花看出她的心思来。

一天早晨，香菊走到屋里，往炕上一看，看见伤员睁着眼睛，望着窗户外面早晨新开的一枝扁豆花。香菊暗暗高兴地笑了。

她小声问：

“你好些了？”

伤员回过头来，看见是个姑娘，微弱地说：

“你叫什么？住在哪里？”

“我叫香菊，这就是我的家。”香菊不知道说什么好，她竟是要哭了，可还是笑着说。

伤员也笑了，说：

“怎么没见过你？”

“你没见过我，你睁过眼吗？现在你才好了。”香菊要谢天谢地的样子。又说：

“我们从来没敢大声说话呀，走路都提着脚跟。”笑着转过身来。

“现在快秋收了吧？”伤员说。

“大秋还不到，天旱，秋天好不了。只要你的伤好了，就比什么也强。”香菊点火做饭，又说，“现在你好了，你想吃什么？说吧！”

到锄过二遍地，伤号已经能拄着拐出来走动了。也常到秋花家，看着她们纺线。那时候，妇女们正改造纺车添加速轮，做一个加速轮费工夫很大，妇女们不愿意耽误一天纺线，去修理它。伤号就把一条腿架在拐上，给秋花和香菊每人做了一个加速轮，做得很精巧好使，像一家人一样，越混越亲热了。

这伤号叫李丹，他对香菊说，他家是阜平。小时给人家放牛，八路军来到山上，就跟在队伍后面走了。那时才十三岁。先是当勤务员，大些了当警卫员，再大些当班长、排长。十年战争，也不知道参加过多少次的战斗，战斗在记不清的山顶，记不清的河边，记不清的石头旁边和沙滩里。他说十年的小米饭把他养大，十年部队生活，同志和首长的爱护关怀，使他经得苦，打得仗，认得字，着得书。十年的战争把他教育：为那神圣的理想，献出最后一滴血，成就一个人民光荣的子弟。

天旱得厉害，庄稼正需要雨的时候，老天偏不下雨。这叫卡脖子旱，高粱秀不出穗来，秀出穗来的，晒不出米来。谷，拼命往外吐穗，像闯过一道关卡，秀出来的穗，也是尖尖的，秃秃的，没有粒实。人们着急了，香菊放下纺车，每天下地浇园。每天，半夜里，就到地里去，留下二菊在家里做饭，李丹帮她拉风箱烧火。吃饭时香菊回来，累的一点力气也没有，衣裳和头发全晶湿，像叫水浇过。她蹲在桌子旁边，一句话也不愿意说，好歹吃点，就又背上大水斗子走了。

这天李丹拄着拐，来到村南，站在高坡上一望，望见了香菊那破白布小褂。太阳平西了，还是很热，庄稼的叶子全搭拉下来，天上一丝云彩也没有，只有李丹的家乡西山那里，才有一层红色的烟尘，笼罩着村庄树木。

香菊在那里用力浇着园，把一斗水浇上来，把斗子放下去，她才直一直身，抬起手背擦一擦脸上流着的汗。然后把身子一倾，摇着辘轳把水摆满，再吃力地把水斗绞起。

李丹从小时没做过这种劳动，他只是在河边上用杠杆车过水，觉得比这个省力得多。他拐到那里，从畦背上走过去，才看见香菊隐在一排几棵又高又密的鬼子姜后面。

这是特意栽培的鬼子姜，它长起来，可以遮蔽太阳。一棵小葫芦攀延上去，开了一朵雪白的小花，在四外酷旱的田野里，只有它还带着清晨的露水。香菊抬头看见李丹来了，就停下来，喘着气问：

“你来干什么，这么晒天?”

李丹看见香菊的衣裳整个湿透了，贴在身上，头上的汗水，随着水斗子的漏水，叮当滴落到井里去。就说：

“这个活太累，我来帮帮你吧?”

香菊笑了一笑，就又把水斗子哗啦啦放下去了，她说：

“你不行，好好养你的伤吧!”

李丹站在香菊对面，把拐支稳，低下头一看：那是一眼大井，从砖缝里蓬蓬生长着特别翠绿的草，井水震荡得很厉害，可是稍一平静，他就看见水里面轻微地浮动着晴朗的天空，香菊的和鬼子姜的影子，还有那朵巍巍的小白葫芦花。

李丹很喜爱这个地方，也着实心疼那浇园流汗的人，他又劝香菊：

“很累了，休息一下吧！”

香菊说：

“不能休息。好容易才把垄沟灌满，断了流又不知道要费多么大的力气。”接着她望一望西北上说，“你看看那里起来的是不是云彩？”

李丹转身一望说：

“那不是云彩，那是山。”

“下场雨就好了，”香菊喘着气说，“我在睡梦里都听着雷响，我们盼望庄稼长好，多打粮食，就像你盼望多打胜仗一样。”

李丹顺着垄沟走过去，地是那么干燥，李丹想：要吸收多少水，才能止住这庄稼的饥渴？要流多少汗，才能换来几斗粗粮，供给我们吃用？他深深地感觉到自己战斗流血的意义，对香菊的辛苦劳动，无比地尊敬起来。回头望望香菊，香菊低着头浇园，水越浅，井越深，绳越长，她浇着越吃力了。

等到天晚，风吹着香菊那涨红流汗的脸。

“我们回去吧！”她说着又浇上一斗，放倒在水池子上，水滴叮叮当当落到井里，她又步过来，在水池子里洗了洗脚，就登上了放在一边的鞋。她问李丹：“你想吃什么菜？”

李丹说："我想吃辣椒。"

"不。你的伤还没好利落，我给你摘几个茄子带回去。"香菊抖着湿透了的辫子走到菜畦里去，拨着叶子，找着那大个的茄子，摘了几个，等她卸下辘轳回家的时候，天色已经很晚了。她说：

"从这小道上回去吧！"

她背着辘轳，走在前面，经过一块棒子地，她拔了一棵，咬了咬，回头交给李丹，李丹问：

"甜不甜？"

香菊回过头去，说："你尝尝呀，不甜就给你？"

李丹嚼着甜棒，香菊慢慢在前面走，头也不回，只是听着李丹的拐响，不把他拉得远了。

天空里只有新出来的、弯弯下垂的月亮，和在它上面的那一颗大星，活像在那旷漠的疆场，有人刚刚弯弓射出了一粒弹丸。

1948 年于冀中

蒿儿梁

一九四三年，敌人冬季“扫荡”开始了，杨纯医生带着五个伤员，和一个小女看护，名叫刘兰，转移到繁峙五台交界地方，住在北台脚下的成果庵里。五台山有五个台顶，北边的就叫北台。这是有名的高山，常年积雪不化，六月天走过山顶，遇见风雹，行人也会冻死。

一条石沟小河绕着成果庵的粉墙急急流过。站在成果庵的大殿台阶，可以看到北台顶上雄厚的雪堆。

这几天情况紧急，区委书记夜里来通知杨医生，叫他往山上转移，住到蒿儿梁去。

他们清早出发，杨医生走在前面，招呼着担架，轻抬轻放，脚下留神，不要叫冰雪滑倒。他看好平整的地方，叫大家放下擦擦汗休息一下，就又往上爬。

刘兰跟在担架后面，嘴里冒着热气，一步一步挨上来。杨医生把她的卫生包接过来，挂到自己身上。

他的身上，东西已经不少。一支大枪，三十粒子弹，五个手榴弹，一个皮药包。两条米袋像围巾一样缠在他的脖子里。背上，他自己的背包驮着刘兰的背包。他挺身走着，山底子鞋拍啦啦沉重地响着。

“杨医生，我们的药棉又不多了。”刘兰跟在后面说。

“到蒿儿梁，我们做。”

“怎么着弄个消毒的小锅吧，做饭的大锅，真不好刷干净，老百姓也不愿意叫使！”

“这也要到蒿儿梁想办法。”

刘兰又问：

“伤号光吃莜麦不好吧？”

“到蒿儿梁，弄些细粮吃。”

“蒿儿梁，蒿儿梁！到了蒿儿梁，我们找谁呀？”

“找妇救会的主任。区委书记没说她叫什么名字，只说一打听女主任，谁都知道。”

他们顺着盘道往上走，转过三四个山头才看见在前面的山顶上，有一个小村庄。这小村庄叫太阳照得发光，秃秃的没有一棵树，靠它西边的山上，却有一大片叫雪压着的密密的杉树林；隔着山沟，可以听见在树林边缘奔跑的狍子的尖叫。村庄里有一只雄鸡也在长鸣。再绕过一个山头，看见有一洼泉水，周围结了厚冰，一条直直的小路，通到村里去。村里的人吃这个泉的水。村庄不远了。

这个不到三十户的小村，就叫蒿儿梁。

女主任去住娘家了，还没有回来，主任的丈夫，一个五十来岁的粗壮汉子，把他们安排到一间泥墙草顶的小小的南屋里，随着粮秣送来了茅柴，就点火烧起炕来。

杨纯到村庄周围转了一转。都是疏疏落落的草顶泥墙小房，家家也都没有篱笆。村里村外，只有些小小的莜麦秸垛，盖着厚雪。街道上，担水滴落，结了一层冰。全村只有一棵歪把的老树，但遍山坡长着那么一丛丛带刺的小树，在冰天雪地，满挂着累累的、鲜艳欲滴的红色颗粒。

人们轻易不出门，坐在炕上，拨弄着一盆红红的麦秸火。妇女们出来一下子，把手插在腰里，又赶紧跑到屋里去。

女主任的丈夫，在院里备好一匹小毛驴，出门去了。第二天，把主任接了回来。

到了里院，主任才从毛驴上跳下。她不过二十五岁，披着一件男人的深黑面的黑羊皮袄，紫色的圆顶帽子装饰着珠花。她嘻嘻地笑着跑到南屋里来。她的相貌，和这一带那些好看的女人一样，白胖胖的脸，鲜红的嘴唇和白牙齿。她看了刘兰一眼，又看了杨纯一眼，笑着不说话。刘兰让她到炕上暖和，她说：

“这是俺的家，我要让你们哩！”

杨纯说：

“你就是主任呀？我们把你的房子占了。”

“不要紧！”主任说，“老头子说你们来了，我真高兴。”她伸过手去摸了摸炕席说：“好，炕还热。不行哩，我们这个地方冷呀！有人给你们做饭？”

刘兰说：“有。”

“一会，我给你们搓窝窝吃，别看我们蒿儿梁村小，我搓的窝窝可远近知名哩！”

晌午，主任推门进来。她脱去了羊皮衣，穿一件破旧的红棉袄，怀抱着一大块光亮的黄色琉璃瓦，这是搓莜面窝窝的工具，她说是托人到台怀买来的。她站立在炕边，卷起袖子。搓的窝窝又薄又小，放得整整齐齐。

“好妹妹！”主任笑着对刘兰说，“我叫你头一回吃这么讲究的饭食，你离开蒿儿梁，你要想蒿儿梁哩！”

“我不想蒿儿粱，这个冷劲我受不了！”刘兰也笑着说。

杨纯说：

“你要想蒿儿粱的窝窝吃哩！”

“对了，你要想我这手艺哩！”主任笑着把手掌拍一拍。

“为什么你的胳膊那么胖？”刘兰问，“是吃莜麦吃的？”

“享福享的吧！”主任说，“这几年我是胖了，那几年，我比你还瘦哩，我的好妹子！有工夫，我要和你说一说我受的苦哩！”

夜间，主任叫刘兰搬到她新拾掇好，烧了炕的小东屋里去睡，打发她的男人，到别人家去睡了。这一夜，主任把头放在刘兰的枕上，叙说她的身世。她说：

“我家在川里，从小给地主家当丫头使唤。十六岁上，娘才把我领回家，嫁给这里，我今年二十五，男人比我大一半。他是个实落人，也知道疼我。我觉得比在地主家里受人欺侮强多了。这几年，减了租子，我们也能吃饱，又没有孩子累着，我就发胖了。”

“我问问你，”主任从枕上抬起头来，“我们的仗，又打得不好吗，怎么你们又跑到这个野地方来？”

“仗打得好。”刘兰说，“这是伤号，要找个安稳地方。”

“我就怕咱们的仗打败了！”主任长舒一口气，“我们种的是川里地主家的地，咱们胜了，他就不敢山上来，你们一走，他就派人来吓唬我。我就盼咱们打胜仗，要把川里也占了，咱们的日子会更好过哩！那时，这地，就成了咱自己的吧？”

“对了，以后，谁种的地就是谁的。”

“我想，总得是那样。”主任说，“不把敌人打走，我的命还在人家手心里攥着哩！”

“为什么？”

“我娘把我领出来，嫁给了这里。那家地主看见我出息的好了，生了歪心哩！他叫人吓唬我，叫我回去，又吓唬我的男人，说叫三亩地换了我。他杂种想算着吧！他觉着我还是那几年，给他当奴才的时候哩！”

停了一会，她说：“妹子，我就靠着你们，把仗打好了，我们就都熬了出来。你困了吧，靠近我点睡，就会暖和些。”

刘兰每天的工作，是烧开水，煮刀剪铗子消毒，团药棉。这些事情，主任全帮她做，她好问，又心灵手巧，三两天，就学会了。她帮着刘兰给伤号们去换药，和他们说笑，伤员们听刘兰说，主任搓的窝窝好，就争着求她做饭，这样一来，她就整天卷着两只袖子，带着两手面，笑出来，笑进去。

在这小庄上，也还只有莜麦面和山药蛋吃。不管怎样变，也还是莜麦面和山药蛋，不久伤员们就吃腻了，想吃点别的。杨纯到处打听，想给他们弄些白面、羊肉、白菜和萝卜吃。可是在这小庄上，你休想找到这些东西，问到那些老人，老人们说：庄子上有的东西，凭是多么贵重，我们也给你们吃；要讨换这些东西，除非是到川里。

自从添了这么七个生人，小庄上热闹起来，两盘碾子整天不闲，有时还要点上灯推莜麦，青年人要去放哨，坐探，小孩子要去送信砍柴，妇女们拆洗伤员的药布衣服，分班做饭。全村每个人都分担了一点责任，快乐并且觉得光荣。

整个小村庄在热情地支援帮助这个小小的队伍，杨纯不愿再多麻烦他们。他和主任商量，主任笑着说：

“你站在这个梁上想大米白面吃，那就难死了，你可以到川里去找。”

杨纯说：

“情况这么紧，怎么能到川里去？”

主任说：

“敌人都到山里‘扫荡’了，川里这会空着哩，不要紧，你去吧，那里什么都现成！”

“你看，我是离不开！”杨纯说。

“离不开你的伤员，怕他们受了损失？”主任说，“你还是不信服我们这小庄子。你把他们交给我，放心去吧！”

杨纯没有答声。他不能离开这些伤员，他觉得就像那些母亲，在极端困难的时候，也不能放下那拖累着的孩子一样。主任望着他说：

“要不，你给我写个信，我去。”

杨纯说：

“那也不好。”

“你这人，这样也不好，那样也不好，你可就拿出你那巧妙办法来呀！”

“我怕你遇见危险。”

“我遇不见危险。”主任说，“就是遇上我也认了。你怕我碰上鬼子？碰上他们，他们也没办法，他们捉不住那满山野跑的狍子，就捉不住我。”

“那就让你跑一趟吧！”杨纯说。

他给川里负责的同志写了信，主任看着他把图章盖的清清楚楚，才收起来，放在棉袄的底襟里，披上她那件大皮袄，就向杨纯告辞。杨纯把她送到村北口那棵歪老的树下面，对她说：

“去到川里，见到熟人，千万可别说，咱这庄上住着八路！”

主任笑了一笑，用她那胖胖的手掌把嘴一盖，说：

“我这嘴严实着哩！”她看了杨纯一眼，接着说，“杨同志，我不佩服你别的，就佩服你这小小的年纪，办事这么底细，心眼这么多！”

她转身走了，踢着路上的雪和石子。转过山坡，她好像又想起了什么，转身回来，喊道：“杨同志，我们当家的病了，你去给他看看吧！”

杨纯问：

“什么病呀？”

“准是受了风寒，你给他点洋药吃吧！”

她那清脆的声音，在山谷里，惊起阵阵的回响。

杨纯回到家里，带上药包，去给主任的丈夫看病。他住在游击组员名叫青儿的小屋里。杨纯推门进去，老人笑着让他坐。杨纯说：

“不舒服吗？我给你带了药来。”

老人说：

“不要紧。只有些头痛，不用吃药。药很贵的，我一辈子没吃过药。”

青儿笑着说：

“哥哥吃点药吧，吃了药，同志也不跟我们要钱！”

杨纯爬过去，摸一摸他的横着深刻皱纹的前额，又摸一摸他的暴露着粗筋的脉，说：

“不要紧，叫兄弟给你烧些水，吃点药就会好了。”

杨纯给老人包出药来，青儿点火烧水。

老人说：

“一定是她告诉了你。”

杨纯说：

“你说的是主任呀？”

老人说：

“是她。黑间她来了，我说不要紧，叫她回去了。同志，她还年轻，我愿意叫她多给咱们做些事！”

停了一会，老人又说：“同志，什么时候，我们的天下就打下来？什么时候，把川里的敌人也打走就好了。同志，穷人过着日子，老是没有个底确哩！”

青儿烧着火说：

“哥哥光担心他这几亩地，怕地主再上山来逼人。这两天，看见情况不好，就又病了。”

杨纯安慰鼓励了老人一番。

隔了一天，老人的病好了，可是情况更紧了，他和杨纯商量，在附近山里，找个严实地方，预备着伤员们转移。

吃过晌午饭，他带着杨纯，从向西的一条山沟跑下去。

到了山底，他们攀着那突出的石头和垂下来的荆条往上爬，半天才走进了那杉树林。树林里积着很厚的雪，向阳的一面，挂满长长的冰柱。不管雪和冰柱都掩不住那正在青春的、翠绿的杉树林。这无边的杉树，同年同月从这山坡长出，受着同等的滋润和营养，它们都是一般茂盛，一般粗细，一般在这刺骨的寒风里，茁壮生长。树林里没有道路，人走过了，留下的脚印，不久就又被雪掩盖。主任的丈夫指给杨纯："那边有一个地窖。"又说，"从这后面上去，就是北台顶，敌人再也不能上去!"

他找着那条陡峭的小路，小路已经叫深雪掩盖，他扒着杉树往上走，雪一直陷到他的大腿那里。他往上爬，雪不断地从他脚下滚来，盖住杨纯。杨纯紧紧跟上去，身上反倒暖和起来，流着汗。主任的丈夫转脸告诉他：把你的扣子结好，帽子拉下来，到了山顶，你的手就伸不出来了。

他们爬到一个能站脚的地方，站在那里喘喘气。他们就要登上那大山顶，可是从西北方向刮过一阵阵的风，这风头是这样劲，使他们站立不稳。看准风头过去，主任的丈夫才赶忙招呼杨纯跑上去。

站在这山顶上，会忘记了是站在山上，它是这样平敞和看不见边际，只是觉得天和地离得很近，人感受到压迫。风从很远的地方吹过来，没有声音，卷起一团团的雪柱。

走在那平平的山顶上，有一片片薄薄的雪。太阳照在山顶上，像是月亮的光，没有一点暖意。山顶上，常常看见有一种叫雪风吹干了的黄白色的菊花形的小花，香气很是浓烈，主任的丈夫采了放在衣袋里，说是可以当茶叶喝。

薄薄的雪上，也有粗大的野兽走过的脚印。深夜在这山顶上行走，黄昏和黎明，向着山下嗥叫，这只配是老虎、豹。

在这里，可以看见无数的、像蒿儿梁那样小小的村庄，像一片片的落叶，粘在各个山的向阳处。可以看见台顶远处大寺院的粉墙琉璃，可以看见川里的河流，河流两岸平坦的稻田，和地主们青楼瓦舍的庄院。

主任的丈夫说："我们住的这些小村子，都是穷佃户，不是庙里的佃户，就是川里的佃户！"

杨纯站在山顶上，他觉得是站在他们作战的边区的头顶上。千万条山谷，纵横在他的眼前，那山谷里起起伏伏，响着一种强烈的风声。冰雪伏藏在她的怀里，阳光照在她的脊背上。瀑布，是为了养育她的儿女，永远流不尽的乳浆，现在结了冰，一直垂到她的脚底！

杨纯想到：他的同志们，他的队伍，正在抵挡这寒冷的天气，熬受着锻炼，他们穿着单薄的军衣，背着粗糙食粮，从这条山谷，转战到那个山头，人民热望他们胜利。

远处，那接近冀中平原的地方，腾起一层红色的尘雾。那里有杨纯的家。他好像看见了他那临河的小村庄，和他那两间用土坯垒起的向阳的小屋，那里面居住着他的母亲。

忽然，主任的丈夫喊："不好，你来看，敌人到了成果庵了？"

杨纯看见，在远远山脚下面，成果庵那里点起火，他断定敌人到了那里，天气还早，敌人可能还要往上赶，到蒿儿梁。他隐隐约约听见了山的下面有枪声，那是放哨人的警号！

他们慌忙寻找下山的道路，主任的丈夫跑在前边。他们从雪上往下滑，石头和荆条撕碎了他们的衣裳，手上流着血。

杨纯心里阵阵作痛，他离开了受伤的同志，使他们遭受牺牲！

当他们跑进那通到村里去的山沟，他们迎见了主任！她满脸流着汗，手拉着踉跄跑来的刘兰！在她身边是由蒿儿梁老少妇女组成的担架队，抬来了五个伤员。村里听见了警号的枪声，男人们全到了去成果庵的路上，（主任说，她刚回到家里，去伏击敌人了。）妇女们跑来和她商量把伤员转移到那里去，她决定到这个地方来。凡是有力量的，都在担架上搭一把手，把伤员送了出来！

她们把伤员抬到了杉树林的深处，安置在地窖里。她们还抬来主任从川里弄来的粮食和菜蔬，妇女们也都带了干粮来。

主任的丈夫回到村里探消息。

夜晚，飘起雪来，妇女们围坐在地窨旁边，照顾着伤员。杨纯到前面放哨，主任和刘兰在杉树林的边缘站岗。

她们靠在一棵杉树上，主任把羊皮大衣解开，掩盖着刘兰的头。她们前面有一条小河，河面上已经结了冰，还盖上了很厚的雪，但是那小小的山溪冲激得很厉害，在厚厚的冰下面，还听到它那淙淙的寻找道路，流向前去的声音。

主任紧紧抱着刘兰。雪飘在她们头上，雪不久掩没了她们的脚；雪飘在她们脸上，但立刻就融化了。刘兰呼吸着从她的胸怀放散的热气，这孩子竟有些困倦。

主任望着前面，借着她的好眼力和雪光，她看见杨纯，那个青年人，那个医生，那个同志，抱着一支大枪，站在山坡一块突出的尖石上。他那白色毡帽，成了一顶雪帽，蓝色的大棉袄背后，也落上一层厚雪。杨纯站在那里，尖着耳朵，听着山谷里的一切声音。不久，他跺一跺脚上的雪，从石头上轻轻跳下来，走到主任的面前说：

“蒿儿梁什么声音也没有，敌人想是在成果庵过夜了，看黎明的时候吧！”

主任说：

“要紧的时候，我们就转移到山顶上去，原班人马都在这里！”

又说：“刘兰睡着了，就叫她这么着睡一会吧！”

杨纯说：

“你们帮助了我们！”

“我们不是自己人？”主任笑着问。

“这就叫鱼帮水，水帮鱼吧！”杨纯也笑着说。

主任问：

“谁是水，谁是鱼？”

“老百姓是水，我们是鱼！”杨纯说。

“你这比方打错了！”主任说，“老百姓帮助你们，情愿把心掏给你们，为什么？这为的是你们把我们救了出来！”

1949 年 1 月 12 日于胜芳河房

吴召儿

得胜回头

这两年生活好些，却常常想起那几年的艰苦。那几年，我们在山地里，常常接到母亲求人写来的信。她听见我们吃树叶黑豆，穿不上棉衣，很是担心焦急。其实她哪里知道，我们冬天打一捆白草铺在坑上，把腿舒在袄袖里，同志们挤在一块，是睡的多么暖和！她也不知道，我们在那山沟里沙地上，采摘杨柳的嫩叶，是多么热闹和快活。这一切，老年人想象不来，总以为我们像度荒年一样，整天愁眉苦脸哩！

那几年吃得坏，穿得薄，工作得很起劲。先说抽烟吧：要老乡点兰花烟和上些芝麻叶，大家分头卷好，再请一位有把握的同志去擦洋火。大伙围起来，遮住风，为的是这唯一的火种不要被风吹灭。然后先有一个人小心翼翼地抽着，大家就欢乐起来。要说是写文章，能找到一张白报纸，能找到一个墨水瓶，那就很满意了，可以坐在草堆上写，也可以坐在河边石头上写。那年月，有的同志曾经为一个不漏水的墨水瓶红过脸吗？有过。这不算什么，要是像今天，好墨水，车载斗量，就不再会为一个空瓶子争吵了。关于行军：就不用说从阜平到王快镇那一段讨厌的砂石路，叫人进一步退半步；不用说雁北那蹚不完的冷水小河，登不住的冰滑踏石，转不尽的阴山背后；就是两界峰的柿子，插箭岭的风雪，洪子店的豆腐，雁门关外的辣椒杂面，也使人留恋想念。还有会餐：半月以前就做精神准备，事到临头，还得拼着一场疟子，情愿吃得上吐下泻，也得弄它个碗净锅干；哪怕吃过饭再去爬山呢！是谁偷过老乡的辣椒下饭，是谁用手榴弹爆炸河潭的小鱼？哪个小组集资买了一头蒜，哪个小组煮了狗肉大设宴席？

留在记忆里的生活，今天就是财宝。下面写的是在阜平三将台小村庄我的一段亲身经历，其中都是真人真事。

民　　校

我们的机关搬到三将台，是个秋天，枣儿正红，芦苇正吐花。

这是阜平东南一个小村庄，距离有名的大镇康家峪不过二里路。我们来了一群人，不管牛棚马圈全住上，当天就劈柴做饭，上山唱歌，一下就和老乡生活在一块了。

那时我们很注意民运工作。由我去组织民校识字班，有男子组，有妇女组。且说妇女组，组织的很顺利，第一天开学就全到齐，规规矩矩，直到散学才走。可是第二天就都抱了孩子来，第三天就在课堂上纳起鞋底，捻起线来。

识字班的课程第一是唱歌，歌唱会了，剩下的时间就碰球。山沟的青年妇女们，碰起球来，真是热烈，整个村子被欢笑声浮了起来。

我想得正规一下，不到九月，我就给她们上大课了。讲军民关系，讲抗日故事，写了点名册，发了篇子。可是因为座位不定，上了好几次课，我也没记清谁叫什么。有一天，我翻着点名册，随便叫了一个名字：

“吴召儿!”

我听见嗤的一声笑了。抬头一看，在人群末尾，靠着一根白杨木柱子，站起一个女孩。她正在背后掩藏一件什么东西，好像是个假手榴弹，坐在一处的女孩子们望着她笑。她红着脸转过身来，笑着问我：

“念书吗?”

“对! 你念念头一段，声音大点。大家注意!”

她端正地立起来，两手捧着书，低下头去。我正要催她，她就念开了，书念得非常熟快动听。就是她这认真的念书态度和声音，不知怎样一下就印进了我的记忆。下课回来，走过那条小河，我听到了只有在阜平才能听见的那紧张激动的水流的声响，听到在这山草衰白柿叶霜红的山地，还没有飞走的一只黄鹂的叫唤。

向　导

十一月，老乡们披上羊皮衣，我们反“扫荡”了。我当了一个小组长，村长给我们分配了向导，指示了打游击的地势。别的组都集合起来出发了，我们的向导老不来。我在沙滩上转来转去，看看太阳就要下山，很是着急。

听说敌人已经到了平阳，到这个时候，就是大声呼喊也不容许。我跑到村长家里去，找不见，回头又跑出来，才在山坡上一家门口遇见他。村长散披着黑羊皮袄，也是跑得呼哧呼哧，看见我就笑着说:

“男的分配完了，给你找了一个女的!”

“怎么搞的呀？村长！”我急了，“女的能办事吗？”

“能办事！”村长笑着，“一样能完成任务，是一个女自卫队的队员！”

“女的就女的吧，在哪里呀？”我说。

“就来，就来！”村长又跑进那大门里去。

一个女孩子跟着他跑出来。穿着一件红棉袄，一个新鲜的白色挂包，斜在她的腰里，装着三颗手榴弹。

“真是，”村长也在抱怨，“这是反‘扫荡’呀，又不是到区里验操，也要换换衣裳！红的目标大呀！”

“尽是夜间活动，红不红怕什么呀，我没有别的衣服，就是这一件。”女孩子笑着，“走吧，同志！”说着就跑下坡去。

“路线记住了没有？”村长站在山坡上问。

“记下了，记下了！”女孩子嚷着。

“别这么大声怪叫嘛！”村长说。

我赶紧下去带队伍。女孩子站在小河路口上还在整理她的挂包，望望我来了，她一跳两跳就过了河。

在路上，她走得很快，我跑上前去问她：

“我们先到哪里？”

“先到神仙山！”她回过头来一笑，这时我才认出她就是那个吴召儿。

神 仙 山

神仙山也叫大黑山，是阜平最高最险的山峰。前几天，我到山下打过白草；吴召儿领导的，却不是那条路，她领我们走的是东山坡一条小路。靠这一带山坡，沟里满是枣树，枣叶黄了，飘落着，树尖上还留着不少的枣儿，经过风霜，红得越发鲜艳。吴召儿问我：

“你带的什么干粮？”

“小米炒面！”

“我尝尝你的炒面。”

我一边走着，一边解开小米袋的头，她伸过手来接了一把，放到嘴里，另一只手从口袋里掏出一把红枣送给我。

“你吃枣儿！”她说，“你们跟着我，有个好处。”

“有什么好处？”我笑着问。

“保险不会叫你们挨饿。”

“你能够保这个险？”我也笑着问，“你口袋里能装多少红枣，二百斤吗？”

“我们走到哪里，吃到哪里。”她说。

“就怕找不到吃喝哩！”我说。

“到处是吃喝！”她说，“你看前头树上那颗枣儿多么大！”

我抬头一望，她飞起一块石头，那颗枣儿就落在前面地下了。

“到了神仙山，我有亲戚。”她捡起那颗枣儿，放到嘴里去，“我姑住在山上，她家的倭瓜又大又甜。今儿晚上，我们到了，我叫她给你们熬着吃个饱吧！”

在这个时候，一顿倭瓜，也是一种鼓励。这鼓励还包括：到了那里，我们就有个住处，有个地方躺一躺，有个老乡亲切地和我们说说话。

天黑的时候，我们才到了神仙山的脚下。一望这座山，我们的腿都软了，我们不知道它有多么高；它黑得怕人，高得怕人，危险得怕人，像一间房子那样大的石头，横一个竖一个，乱七八糟地躺着。一个顶一个，一个压一个，我们担心，一步登错，一个石头滚下来，整个山就会天崩地裂房倒屋塌。她带领我们往上爬，我们攀着石头的棱角，身上出了汗，一个跟不上一个，拉了很远。她爬得很快，走一截就坐在石头上望着我们笑，像是在这乱石山中，突然开出一朵红花，浮起一片彩云来。

我努力跟上去，肚里有些饿。等我爬到山半腰，实在走不动，找见一块平放的石头，就倒了下来，喘息了好一会，才能睁开眼：天大黑了，天上已经出了星星。她坐在我的身边，把红枣送到我嘴里说：

“吃点东西就有劲了。谁知道你们这样不行！”

“我们就在这里过一夜吧！”我说，“我的同志们恐怕都不行了。”

“不能。”她说，“就快到顶上了，只有顶上才保险。你看那上面点起灯来的，就是我姑家。”

我望到顶上去。那和天平齐的地方，有一点红红的摇动的光；那光不是她指出，不能同星星分别开。望见这个光，我们都有了勇气，有了力量；它强烈地吸引着我们前进，到它那里去。

姑　家

北斗星转下山去，我们才到了她的姑家。夜深了，这样高的山上，冷风吹着汗湿透的衣服，我们都打着牙噤。钻过了扁豆架、倭瓜棚，她尖声娇气叫醒了姑。老婆子费了好大工夫才穿好衣裳开开门。一开门，就有一股暖气，扑到我们身上来，没等到人家让，我们就挤到屋里去，那小小的屋里，简直站不开我们这一组人。人家刚一让我们上炕，有好几个已经爬上去躺下来了。

“这都是我们的同志。”吴召儿大声对她姑说，“快给他们点火做饭吧！”老婆子拿了一根麻秸，在灯上取着火，就往锅里添水。一边仰着头问：

“下边又‘扫荡’了吗？”

“又‘扫荡’了。”吴召儿笑着回答，她很高兴她姑能说新名词，“姑！我们给他们熬倭瓜吃吧！”她从炕头抱下一个大的来。

姑笑着说：

“好孩子，今年摘下来的顶属这个大，我说过几天叫你姑父给你送去哩！”

“不用送去，我来吃它了！”吴召儿抓过刀来把瓜剖开，“留着这瓜子炒着吃。”

吃过了香的、甜的、热的倭瓜，我们都有了精神，热炕一直热到我们的心里。吴召儿和她姑睡在锅台上，姑侄俩说不完的话：

“你爹给你买的新袄？”姑问。

“他哪里有钱，是我给军队上纳鞋底挣了钱换的。”

“念书了没有？”

“念了，炕上就是我的老师。”

截　击

第二天，我们在这高山顶上休息了一天。我们从小屋里走出来，看了看吴召儿姑家的庄园。这个庄园，在高山的背后，只在太阳刚升上来，这里才能见到光亮，很快就又阴暗下来。东北角上一洼小小的泉水，冒着水花，没有声响；一条小小的溪流绕着山根流，也没有声响，水大部分渗透到沙土里去了。这里种着像炕那样大的一块玉蜀黍，像锅台那样大的一块土豆，周围是扁豆，十几棵倭瓜蔓，就奔着高山爬上去了！在这样高的黑石山上，找块能种庄稼的泥土是这样难，种地的人就小心整齐地用石块把地包镶起来，恐怕雨水把泥土冲下去。奇怪！在这样少见阳光，阴湿寒冷的地方，庄稼长得那样青翠，那样坚实。玉蜀黍很高，扁豆角又厚又大，绿得发黑，像说梅花调用的铁响板。

吴召儿出去了，不久，她抱回一捆湿木棍：

"我一个人送一把拐杖，黑夜里，它就是我们的眼睛！"

她用一把锋利明亮的小刀，给我们修着棍子。这是一种山桃木，包皮是紫红色，好像上了油漆；这木头硬得像铁一样，打在石头上，发出铜的声音。

这半天，我们过得很有趣，差不多忘记了反“扫荡”。

当我们正要做下午饭，一个披着破旧黑山羊长毛皮袄，手里提着一根粗铁棍的老汉进来了；吴召儿赶着他叫声姑父，老汉说：

“昨天，我就看见你们上山来了。”

“你在哪看见我们上来呀?”吴召儿笑着问。

“在羊圈里，我喊你来呀；你没听见!”老汉望着内侄女笑，“我来给你们报信，山下有了鬼子，听说要搜山哩!”

吴召儿说：“这么高山，鬼子敢上来吗？我们还有手榴弹哩!”

老汉说：“这几年，这个地方目标大了，鬼子真要上来了，我们就不好走动。”

这样，每天黎明，吴召儿就把我唤醒，一同到那大黑山的顶上去放哨。山顶不好爬，又危险，她先爬到上面，再把我拉上去。

山顶上有一丈见方的一块平石，常年承受天上的雨水，给冲洗得光亮又滑润。我们坐在那平石上，月亮和星星都落到下面去，我们觉得飘忽不定，像活在天空里。从山顶可以看见山西的大川，河北的平原，十几里、几十里的大小村镇全可以看清楚。这一夜下起大雨来，雨下的那样暴，在这样高的山上，我们觉得不是在下雨，倒像是沉落在波浪滔天的海洋里，风狂吹着，那块大平石也像要被风吹走。

吴召儿紧拉着我爬到大石的下面，不知道是人还是野兽在那里铺好了一层软软的白草。我们紧挤着躺在下面，听到四下里山洪暴发的声音，雨水像瀑布一样，从平石上流下，我们像钻进了水帘洞。吴召儿说：

“这是暴雨，一会就晴的，你害怕吗？”

“要是我一个人我就怕了，”我说，“你害怕吧？”

“我一点也不害怕，我常在山上遇见这样的暴雨，今天更不会害怕。”吴召儿说。

“为什么？”

“领来你们这一群人，身上负着很大的责任呀，我也顾不得怕了。”

她的话，像她那天在识字班里念书一样认真，她的话同雷雨闪电一同响着，响在天空，落在地下，永远记在我的心里。

一清早我们就看见从邓家店起，一路的村庄，都在着火冒烟。我们看见敌人像一条虫，在山脊梁上往这里爬行。一路不断响枪，是各村伏在山沟里的游击组。吴召儿说：

“今年，敌人不敢走山沟了，怕游击队。可是走山梁，你就算保险了？兔崽子们！”

敌人的目标，显然是在这个山上。他们从吴召儿姑父的羊圈那里翻下，转到大黑山来。我们看见老汉仓皇地用大鞭把一群山羊打得四散奔跑，一个人登着乱石往山坡上逃。吴召儿把身上的手榴弹全拉开弦，跳起来说：

“你去集合人，叫姑父带你们转移，我去截兔崽子们一下。”她在那乱石堆中，跳上跳下奔着敌人的进路跑去。

我喊：

“红棉袄不行啊！”

“我要伪装起来！”吴召儿笑着，一转眼的工夫，她已经把棉袄翻过来。棉袄是白里子，这样一来，她就活像一只逃散的黑头的小白山羊了。一只聪明的，热情的、勇敢的小白山羊啊！

她登在乱石尖上跳跃着前进。那翻在里面的红棉袄，还不断被风吹卷，像从她的身上撒出的一朵朵的火花，落在她的身后。

当我们集合起来，从后山上跑下，来不及脱鞋袜，就跳入山下那条激荡的大河的时候，听到了吴召儿在山前连续投击的手榴弹爆炸的声音。

联　想

不知她现在怎样了。我能断定，她的生活和历史会在我们这一代生活里放光的。关于晋察冀，我们在那里生活了快要十年。那些在我们吃不下饭的时候，送来一碗烂酸菜；在我们病重行走不动的时候，替我们背上了行囊；在战斗的深冬的夜晚，给我们打开门，把热炕让给我们的大伯大娘们，我们都是忘记不了的。

1949 年 11 月

山地回忆

从阜平乡下来了一位农民代表，参观天津的工业展览会。我们是老交情，已经快有十年不见面了。我陪他去参观展览，他对于中纺的织纺，对于那些改良的新农具特别感到兴趣。临走的时候，我一定要送点东西给他，我想买几尺布。

为什么我偏偏想起买布来？因为他身上穿的还是那样一种浅蓝的土靛染的粗布裤褂。这种蓝的颜色，不知道该叫什么蓝，可是它使我想起很多事情，想起在阜平穷山恶水之间度过的三年战斗的岁月，使我记起很多人。这种颜色，我就叫它“阜平蓝”或是“山地蓝”吧。

他这身衣服的颜色，在天津是很显得突出，也觉得土气。但是在阜平，这样一身衣服，织染既是不容易，穿上也就觉得鲜亮好看了。阜平土地很少，山上都是黑石头，雨水很多很暴，有些泥土就冲到冀中平原上来了——冀中是我的家乡。阜平的农民没有见过大的地块，他们所有的，只是像炕台那样大，或是像锅台那样大的一块土地。在这小小的、不规整的，有时是尖形的，有时是半圆形的，有时是梯形的小块土地上，他们费尽心思，全力经营。他们用石块垒起，用泥土包住，在边沿栽上枣树，在中间种上玉蜀黍。

阜平的天气冷，山地不容易见到太阳。那里不种棉花，我刚到那里的时候，老大娘们手里搓着线锤。很多活计用麻代线，连袜底也是用麻纳的。

就是因为袜子，我和这家人认识了，并且成了老交情。那是个冬天，该是一九四一年的冬天，我打游击打到了这个小村庄，情况缓和了，部队决定休息两天。

我每天到河边去洗脸，河里结了冰，我登在冰冻的石头上，把冰砸破，浸湿毛巾，等我擦完脸，毛巾也就冻挺了。有一天早晨，刮着冷风，只有一抹阳光，黄黄的落在河对面的山坡上。我又登在那块石头上去，砸开那个冰口，正要洗脸，听见在下水流有人喊：

“你看不见我在这里洗菜吗？洗脸到下边洗去！”

这声音是那么严厉，我听了很不高兴。这样冷天，我来砸冰洗脸，反倒妨碍了人。心里一时挂火，就也大声说：

“离着这么远，会弄脏你的菜！”

我站在上风头，狂风吹送着我的愤怒，我听见洗菜的人也恼了，那人说：

“菜是下口的东西呀！你在上流洗脸洗屁股，为什么不脏？”

“你怎么骂人？”我站立起来转过身去，才看见洗菜的是个女孩子，也不过十六七岁。风吹红了她的脸，像带霜的柿叶，水冻肿了她的手，像上冻的红萝卜。她穿的衣服很单薄，就是那种蓝色的破袄裤。

十月严冬的河滩上，敌人往返烧毁过几次的村庄的边沿，在寒风里，她抱着一篮子水沤的杨树叶，这该是早饭的食粮。

不知道为什么，我一时心平气和下来。我说：

“我错了，我不洗了，你在这块石头上来洗吧！”

她冷冷地望着我，过了一会才说：

“你刚在那石头上洗了脸，又叫我站上去洗菜！”

我笑着说：

“你看你这人，我在上水洗，你说下水脏，这么一条大河，哪里就能把我脸上的泥土冲到你的菜上去？现在叫你到上水来，我到下水去，你还说不行，那怎么办哩？”

“怎么办，我还得往上走！”

她说着，扭着身子逆着河流往上去了。登在一块尖石上，把菜篮浸进水里，把两手插在袄襟底下取暖，望着我笑了。

我哭不得，也笑不得，只好说：

“你真讲卫生呀！”

“我们是真卫生，你们是装卫生！你们尽笑话我们，说我们山沟里的人不讲卫生，住在我们家里，吃了我们的饭，还刷嘴刷牙，我们的菜饭再不干净，难道还会弄脏了你们的嘴？为什么不连肠子肚子都刷刷干净！”说着就笑得弯下腰去。

我觉得好笑。可也看见，在她笑着的时候，她的整齐的牙齿洁白得放光。

“对，你卫生，我们不卫生。”我说。

“那是假话吗？你们一个饭缸子，也盛饭，也盛菜，也洗脸，也洗脚，也喝水，也尿泡，那是讲卫生吗？”她笑着用两手在冷水里刨抓。

“这是物质条件不好，不是我们愿意不卫生。等我们打败了日本鬼子，占了北平，我们就可以吃饭有吃饭的家伙，喝水有喝水的家伙了，我们就可以一切齐备了。”

“什么时候，才能打败鬼子？”女孩子望着我，“我们的房，叫他们烧过两三回了！”

“也许三年，也许五年，也许十年八年。可是不管三年五年，十年八年，我们总是要打下去，我们不会悲观的。”我这样对她讲，当时觉得这样讲了以后，心里很高兴了。

“光着脚打下去吗？”女孩子转脸望了我脚上一下，就又低下头去洗菜了。

我一时没弄清是怎么回事，就问：

“你说什么？”

“说什么？”女孩子也装没有听见，“我问你为什么不穿袜子，脚不冷吗？也是卫生吗？”

“咳！”我也笑了，“这是没有法子么，什么卫生！从九月里就反‘扫荡’，可是我们八路军，是非到十月底不发袜子的。这时候，正在打仗，哪里去找袜子穿呀？”

“不会买一双？”女孩子低声说。

“哪里去买呀，尽住小村，不过镇店。”我说。

“不会求人做一双？”

“哪里有布呀？就是有布，求谁做去呀？”

“我给你做。”女孩子洗好菜站起来，“我家就住在那个坡子上，”她用手一指，“你要没有布，我家里有点，还够做一双袜子。”

她端着菜走了，我在河边上洗了脸。我看了看我那只穿着一双

“踢倒山”的鞋子，冻得发黑的脚，一时觉得我对于面前这山，这水，这沙滩，永远不能分离了。

我洗过脸，回到队上吃了饭，就到女孩子家去。她正在烧火，见了我就说：

“你这人倒实在，叫你来你就来了。”

我既然摸准了她的脾气，只是笑了笑，就走进屋里。屋里蒸气腾腾，等了一会，我才看见炕上有一个大娘和一个四十多岁的大伯，围着一盆火坐着。在大娘背后还有一位雪白头发的老大娘。一家人全笑着让我炕上坐。女孩子说：

“明儿别到河里洗脸去了，到我们这里洗吧，多添一瓢水就够了！”

大伯说：

“我们妞儿刚才还笑话你哩！”

白发老大娘瘪着嘴笑着说：

“她不会说话，同志，不要和她一样呀！”

“她很会说话！”我说，“要紧的是她心眼儿好，她看见我光着脚，就心疼我们八路军！”

大娘从炕角里扯出一块白粗布，说：

“这是我们妞儿纺了半年线赚的，给我做了一条棉裤，下剩的说给他爹做双袜子，现在先给你做了穿上吧。”

我连忙说：

“叫大伯穿吧！要不，我就给钱！”

“你又装假了，”女孩子烧着火抬起头来，“你有钱吗？”

大娘说：

“我们这家人，说了就不能改移。过后再叫她纺，给她爹赚袜子穿。早先，我们这里也不会纺线，是今年春天，家里住了一个女同志，教会了她。还说再过来了，还教她织布哩！你家里的人，会纺线吗？”

“会纺！”我说，“我们那里是穿洋布哩，是机器织纺的。大娘，等我们打败日本鬼子……”

“占了北平，我们就有洋布穿，就一切齐备！”女孩子接下去，笑了。

可巧，这几天情况没有变动，我们也不转移。每天早晨，我就到女孩子家里去洗脸。第二天去，袜子已经剪裁好，第三天去她已经纳底子了，用的是细细的麻线。她说：

“你们那里是用麻用线？”

“用线。”我摸了摸袜底，“在我们那里，鞋底也没有这么厚！”

“这样坚实。”女孩子说，“保你穿三年，能打败日本不?”

“能够。”我说。

第五天，我穿上了新袜子。

和这一家人熟了，就又成了我新的家。这一家人身体都健壮，又好说笑。女孩子的母亲，看起来比女孩子的父亲还要健壮。女孩子的姥姥九十岁了，还那么结实，耳朵也不聋，我们说话的时候，她不插言，只是微微笑着，她说：她很喜欢听人们说闲话。

女孩子的父亲是个生产的好手，现在地里没活了，他正计划贩红枣到曲阳去卖，问我能不能帮他的忙。部队重视民运工作，上级允许我帮老乡去作运输，每天打早起，我同大伯背上一百多斤红枣，顺着河滩，爬山越岭，送到曲阳去。女孩子早起晚睡给我们做饭，饭食很好，一天，大伯说：

“同志，你知道我是沾你的光吗?”

“怎么沾了我的光?”

“往年，我一个人背枣，我们妞儿是不会给我吃这么好的!”

我笑了。女孩子说：

“沾他什么光，他穿了我们的袜子，就该给我们做活了!”

又说：

“你们跑了快半月，赚了多少钱?”

“你看，她来查账了，”大伯说，真是，我们也该计算计算了!他打开放在被垒底下的一个小包袱，“我们这叫包袱账，赚了赔了，反正都在这里面。”

我们一同数了票子，一共赚了五千多块钱，女孩子说：

“够了。”

“够干什么了?”大伯问。

“够给我买张织布机子了！这一趟，你们在曲阳给我买架织布机子回来吧!”

无论姥姥、母亲、父亲和我，都没人反对女孩子这个正义的要求。我们到了曲阳，把枣卖了，就去买了一架机子。大伯不怕多花钱，一定要买一架好的，把全部盈余都用光了。我们分着背了回来，累得浑身流汗。

这一天，这一家人最高兴，也该是女孩子最满意的一天。这像要了几亩地，买回一头牛；这像制好了结婚前的陪送。

以后，女孩子就学习纺织的全套手艺了：纺，拐，浆，落，经，镶，织。

当她卸下第一匹布的那天，我出发了。从此以后，我走遍山南塞北，那双袜子，整整穿了三年也没有破绽。一九四五年，我们战胜了日本强盗，我从延安回来，在碛口地方，跳到黄河里去洗了一个澡，一时大意，奔腾的黄水，冲走了我的全部衣物，也冲走了那双袜子。黄河的波浪激荡着我关于敌后几年生活的回忆，激荡着我对于那女孩子的纪念。

开国典礼那天，我同大伯一同到百货公司去买布，送他和大娘一人一身蓝士林布，另外，送给女孩子一身红色的。大伯没见过这样鲜艳的红布，对我说：

“多买上几尺，再买点黄色的。”

“干什么用?”我问。

“这里家家门口挂着新旗，咱那山沟里准还没有哩！你给了我一张国旗的样子，一块带回去，叫妞儿给做一个，开会过年的时候，挂起来!”

她说妞儿已经有两个孩子了，还像小时那样，就是喜欢新鲜东西，说什么也要学会。

1949年12月

秋　千

张岗镇是小区的中心村，分四大头。工作组一共四个人，一人分占一头，李同志还兼着冬学的教员。他在西头工作，在西头吃派饭，除去地主富农家，差不多是挨门挨户一家三天。不上一个月，这一头的大人孩子就全和他熟了。

这几天，冬学里讨论划阶级定成分，人们到得很多。西头有一帮女孩子，尤其是学习的模范。她们小的十四五，大的十七八，都是贫农和中农的女儿。她们在新社会里长大，对旧社会的罪恶知道得很少。她们从小就结成一个集团，一块纺线，一块织布；每逢集日，一块抱着线子上市，在人群里，她们的线显得特别匀细。要买你就全买，要不就一份也不卖，结果弄得收线的客人总得给她们个高价儿。卖了线，买一色的红布做棉裤，买一个花样的布做袄，好像穿制服一样。

吃过晚饭，就凑齐了上学去，在街上横排着走。在黑影里，一听是她们过来了，人们就得往边上闪闪。只许你踏在泥里，她们是要走干道的，晚上也都穿着新鞋。

冬学设在小学校的大讲堂里，她们总是先到，等着别人。

这天，李同志拖着一双大草鞋，来到学校里，灯已经点着了。

女孩子们挤在前边一条长凳上，使得那条板凳不得安闲。一会儿翘起这头，一会儿翘起那头，她们却嗤嗤地笑。

李同志笑着问：

“今天谁点的灯啊？”

“是大绢！——大绢是模范。”她们喊着。

“咱们的冬学越来越热闹！”李同志说。

“这是——因为你讲话讲得妙！”那个叫大绢的女孩子回答，简直像是唱歌儿。

“我看是这个问题很重要！”李同志说。

“大家都想知道知道——自己是什么成分。”大绢笑了半截、强忍耐住了。

说着屋里已经挤满了人，女的也不少。男人把板凳让出来，有的就坐到窗台上去。

“人到的差不多了，开讲吧！”

李同志站到大碗油灯前面。他讲什么叫地主富农，什么叫剥削。他讲到那些要紧的关节，叫大家记住，叫大家举本村的例子，叫大家讨论和争辩。那时我们的政策，有些部分还不如后来那么十分明确，比如确定成分的年月是“事变前三年到六年”。

先讨论村里明显的户，谁家是地主，谁家是富农。最后李同志叫人们再想一想，他严肃地说：

“根据我们讲的，大家看看还有遗漏的没有？”

人们沉静了一会儿。有几声咳嗽，有几声孩子哭，有几个人出去走动了走动。忽然有一个人报告：

“我不怕得罪人，我说一户：西头大绢家，剥削就不轻，叫我看就是富农。大家可以争取争取（就是讨论讨论）！”

李同志静静地听着。说话的人站在人群的后面，看不见他的脸，李同志听出是东头扎花炮的刘二壮，他的嗓门很高。人们都望着大绢。李同志觉得在他的面前，好像有两盏灯刹的熄灭了，好像在天空流走了两颗星星。他注意了一下，坐在他前面长凳上的大绢低下了头，连头发根都涨红了。

同大绢坐在一条凳子上的女孩子们，也都低下了头。停了一会，那个叫喜格儿的扭动一下身子，回过头去红着脸说：

“你报告报告他家的情况！”

“当然我得有根据，”刘二壮说，“咱们谁也别袒护！”

“什么袒护呵？你说这话就不正确，李同志不是说叫讨论吗？咱们这是学习哩！”女孩子们全体转过身去对抗着。

“你看你们那方式方法！”刘二壮说，“好，我就报告报告她家的情况：她爷爷叫老灿，当过顺兴隆缸瓦店的大掌柜；家里种到过五十亩地，喂过两个大骡子，盖了一所好宅子，这谁不知道？”

“有没有剥削？”李同志问。

“怎么没有？他当着掌柜，家里又没有别人，问问他那五十亩地谁给他种的？那剥削准有百分之二十五！”

“什么时间？”李同志又问。

“不多几年儿！反正出不了三年六年那一段。”刘二壮说。

“同志！我说一说行不行？”大绢站起来，转脸望着后面，忍着眼泪。李同志点一点头。她说：

“乡亲们！谁也知道日本人把俺家烧了个一干二净。从我记事起，我们过的是多么寒苦的日子？我从小就两只手没有闲着过，十三上织布，十岁就纺卖线；地里的活，我敢说不让一个男孩子。你们横竖都见来着，现在刘二壮说我们剥削过人，我哪见过大骡子大车呀?”

人们都望着她。她才十五岁，起初人们心里想，这么大的一个孩子，能当着这么些个人说这么几句，像干爆豆似的，可真算不错了。刘二壮也很平和地说：

“反正我说的句句是实，要不叫她那一头的人们说说!”

可是，西头的几个老年人不说话，那几个女孩子也真闹不清这老辈里的事，有钢也使不到刃上。大绢坐在板凳上哭了，她站起来，往外就走，一边走一边哭着说：

“我去叫我爷爷去，看他剥削过人没有?”

“他能来吗? 你叫他干什么!”人们拦不住，她走了，到院里就放声哭了。

“这孩子从小可没享受过，”一个壮年妇女对李同志说，“从小爹娘全死了，他爷爷报了估又得了半身不遂，事变那年日本人烧得她家只剩了几间房筒子，家里地里，就仗她一个人!”

“你们上了岁数的人说说，她爷爷到底是怎样一个人?”李同志又问西头那几个老头儿。

“我说说吧!”麻子老点抽完了一锅烟，把烟袋杆里的烟和油子用大劲吹了出来，说，“她爷爷是这样一个人：从小是个穷底，可是个光棍儿，不好生过日子，整天在街上混混儿。后来碰上了一个硬碴儿，栽了一个跟头，就回心转意了。浪子回头，千金不换，他在张岗街上开了一个小杂货店，起先就卖些针头线脑，火绒洋取灯，烧纸寒衣纸，碱面香油醋……每天打个早起，在大道上去跑一趟，拾回满满一筐粪。不上几年，小买卖越来越红火，人们看着他有本事，就有的拿出股本，叫他领东，开了一座缸瓦瓷器店，这就是顺兴隆。用了几个伙计，很是赚钱，三年一账，三年一账，他要了几十亩地……”

“这时就雇了长工？”李同志问。

麻子老点说：

“他没有雇长工。柜上有一辆大车，也用着把式，秋麦两季，铺子里的伙计们帮他收割打场。”

“双层剥削！”刘二壮在后面放低声音说，可是人们还全能听得见。

“他又盖了一所住宅，”麻子老点接着说，“这算到了顶儿。就在那一年，和天津的洋人做买卖，一下受了骗，铺子关门，家里报了估。日本人来了，又给他点上一把火，烧了个片瓦无归……”

“在哪一年报的估？”李同志问。

“不多几年儿！”麻子老点说，“反正也在三年六年那一段里！”

那天晚上，大绢并没有把她爷爷叫来。时间晚了，冬学就散了。

以后，大绢没有上学来，虽说并没人限制她。和她一伙的女孩子们这几天到得也不齐，有几个早来，有几个迟到。坐在板凳上也不那样哄笑打闹了。

李同志到西头吃派饭，这天轮到喜格儿家里，喜格儿又给他炒了鸡蛋。李同志一边吃一边进行教育，说是一家人，不该给他做好的吃。喜格儿只是笑着听着，也不反对。喜格儿的娘说："你说得有理，我们做得也不歪，好东西不叫一家人吃，难道叫外人吃？"说笑中间，有人在外间叫了一声，喜格儿放下碗筷就出去了，随手拉进一个女孩子来，是大绢。

一眼看来，大绢好像比平时矮了一头，浑身满脸要哭的样子。喜格儿说：

"你和老李说说么！光哭顶事？"

说话一掀门帘又进来了一群，都是她们那一帮，有的靠着隔山门，有的立在炕沿边，有的背着迎门橱，散布开了，好像助阵似的。

大绢说：

"李同志，你再到我们家里去看看，我们是地主富农吗？我能和人家那孩子们比吗？"

喜格儿说：

“我们从小在一块拾柴挑菜。从前是地主富农的闺女瞧不起我们，不跟我们在一块，眼下是我们不跟她们在一块。为什么平白无故把大绢打进仇人的伙里?”

“你们想不通?”李同志说。

“想不通，她一点也不像。”喜格儿说。

“李同志你再考察考察!”

“老李，你再到她家去看看，看看像个富农不?”

她们是在苦苦求情了。李同志说：

“这是学习，你们不同意，就在学校里提意见呀!”

“提意见，我们是得提意见。我们觉得不能追那么远，不是不许追三代了吗?”一个女孩子说。

李同志说：

“人家没有追三代。她家有剥削，时间又在三年六年那一段里，这是个成分问题。家里没什么了，自然也就不再斗争你的东西。”

“我没剥削过人，怎么能担这个名儿呀?”大绢又哭了。

李同志放下饭碗说：

“我们是要消灭人剥削人的制度。这个制度存在几千年了，你们想想有多少人，在这个制度下面含冤死去，有多少人叫这个制度碾个粉碎？你们都听过老年人诉苦了，该明白剥削是多大的罪恶！多少年来，人们怀抱一个理想，就是要消灭这个制度，好叫人们像春苗一样，不受旱涝，不受践踏，自由地生活生长生存。有很多人为这个理想牺牲一切，献出了自己的生命。你们村里就有过两位坐狱被杀的共产党员。这不是随随便便的事，也不是求情的事。自然，我们也要慎重，不能把自己的人当成敌人!”

女孩子们说：

“李同志，你说得对，她要真是地主富农，就是亲生姐妹，我们绝不袒护她！我们觉着她不是，她是我们一群里的!”

正月里，工作组学习了一九三三年两个文件，读了任弼时同志的报告，李同志又拿到冬学里去讲解，重新讨论了几家的成分。这一帮女孩子就提出来：大绢家有过剥削，是老年间的事了，也没有连续三年，按新精神定成分，她还是农民。

大绢也来上学了。她瘦了些，可是比以前更积极更高兴了，就是：火色更纯净，钢性也更坚韧了。她说：她爷爷剥削过人是他的罪过，经过这回事情，她要记着：一辈子也不要剥削别人一点点。

正月里，只有剥削过人的家庭，不得欢乐。喜格儿她们在村西头搭了一个很高的秋千架。每天黄昏，她们放下纺车就跑到这里来，争先跳上去，弓着腰用力一蹴，几下就能和大横梁取个平齐。在天空的红云彩下面，两条红裤子翻上飞下，秋千吱呀作响，她们嬉笑着送走晚饭前这一段时光。

秋千在大道的边沿，来往的车辆很多，拉白菜的，送公粮的。戴着毡帽穿着大羊皮袄的把式们，怀里抱着大鞭，一出街口，眼睛就盯在秋千上面。其中有一辆，在拐角的地方，碰在碌碡上翻了，白菜滚到沟里去，引得女孩子们大笑起来。赶车的人说：

"别笑了，快过来帮忙搬搬吧，咳！光顾看你们打秋千了。你们打那么高，眼看就从大梁上翻过来了！"

天黑下来，她们才回家去吃饭，吃过饭又找到一块上冬学去了。

1950年1月

正　月

一

这个大娘，住在小官亭西头路北一处破院的小北屋里。这院里一共住着三家，都是贫农。

大娘生了三个女儿。她的小北屋一共是两间，在外间屋放着一架织布机，是从她母亲手里得来的。

机子从木匠手里出生到现在，整整一百年。在这一百年间，我们祖国的历史有过重大的变化，这机子却只是陪伴了三代的女人。陪伴她们痛苦，陪伴她们希望。它叫小锅台的烟熏火燎，全身变成黑色的了。它眼望着大娘在生产以前，用一角破席堵住窗台的风口；在生产以后，拆毁了半个破鸡筐才煮熟一碗半饭汤。它看见大娘的两个女儿在出嫁的头一天晚上，才在机子上织成一条陪送的花裤。一百年来，它没有听见过歌声。

大娘小时是卖给这家的。卖给人家，并不是找到了什么富户。这一带有些外乡的单身汉，给地主家当长工，苦到四五十岁上，有些落项的就花钱娶个女人，名义上是制件衣裳，实际上就是女孩子的身价。丈夫四五十，女人十三四，那些汉子都苦得像浇干了的水畦一样，不上几年就死了，留下儿女，就又走母亲的路。

大姐是打十三岁上，卖给西张岗一个挑货郎担的河南人，丈夫成天住村野小店，她也就跟着溜墙根串房檐。二姐十四上卖给东张岗拉宝局的大黑三，过门以后学得好吃懒做，打火抽烟，自从丈夫死了，男女关系也很乱。

两个女儿虽说嫁了人，大娘并没有得到依靠，还得时常牵挂着。好在小官亭离东西张岗全不远，大娘想念她们了，不管刮风下雨，就背上柴火筐，走在漫天野地里，一边捡着豆根谷楂，一边去看望女儿。

到了大女儿那里，女婿不在家，就帮她打整打整孩子们，拾掇拾掇零碎活；到了二姑娘那里，看见她缺吃的没烧的，责骂她几句，临走还得把拾的一筐谷楂，倒在她的灶火坑里。

二

大娘受苦，可是个结实人，快乐人，两只大脚板，走在路上，好像不着地，千斤的重担，并没有能把她压倒。快六十了，牙口很齐全，硬饼子小葱，一咬就两断，在人面前还好吃个炒豆什么的。不管十冬腊月，只要有太阳，她就把纺车搬到院里纺线，和那些十几岁的女孩子们，很能说笑到一处。

她到底赶上了好年头，冀中区从打日本那天起，就举起了革命的红旗！

三姑娘——多儿的婚事，也不能和两个姐姐一样了！

打日本鬼子那年，多儿刚十岁。十岁上，她已经能够烧火做饭，拉磨推碾，下地拾柴火，上树捞榆钱，织布纺线，帮娘生产。

八路军来了，共产党来了，把人民的特别是妇女的旧道路铲平，把新道路在她们的眼前铺好。

她开始同孩子们一块到学校里去。“认识字儿好！”大娘说，给多儿缝了个书包，买了块石板，在红饼子上抹了香油，叫她吃了上学去。

十二上她当儿童团，十五上她当自卫队，那年全区的妇女自卫队验操，她投的手榴弹最远。

经过抗战胜利，经过平分土地，她今年十八岁了。

三

多儿正在发育，几年间，不断有人来给她说婆家。

姐姐常常是妹妹的媒人，她们对多儿的婚事都很关心。腊月里，大姐分了房子地，就和丈夫商量：

“从我过门，逢年过节，也没给娘送过一个大钱的东西，我们过的穷日子，自己的吃穿还愁不来，她自然不会怪罪咱。今年总算是宽绰些了，我想到集上买点东西，上娘家去一趟，顺便看看小三的婆家说停当了没有。”

丈夫是个老实热情的人，答应得很高兴。到集上买了一串麻糖，十个柿子，回来自己又摊上几个炉糕儿，拿个红包袱裹了，大姐就到小官亭来。

到了娘家，正赶上二姐也来了，她说村里正在改造她们懒婆懒汉。

多儿从冬学里回来，怀里抱着一本书，她的身子发育得匀称结实，眉眼里透着秀气。娘儿几个围坐在炕上说话，一下就转到她的婚事上去。开头，这是个小型的诉苦会，大姐说可不能再像她那时候，二姐说可不能再像她那样子；多儿把书摊在膝盖上，低着头，一句话也不说。

娘给她说着个富裕中农，家底厚，一辈子有吃的有做的就行了。大姐不赞成，嫌那一家人顽固，不进步。她说有一家新升的中农，二姐又不赞成，她说谁谁在大地方做买卖，很发财，寻了人家，可以带到外边，吃好的穿好的，还可以开眼。没等她说完，娘就说："我的孩子不上敌占区！"

娘儿几个说不到一块，吵了起来。二姐说：

"这也不投你们的心思，那也不合你们的意！你们倒是打算怎么着呀？看看快二十了，别挑花了眼，老在炕头上！"

"别吵了！别吵了！别替我着急了！"多儿眯缝着眼，轻轻磕着鞋底儿说。

"我们不替你着急，替谁着急呀！"大姐说，"你说，你有对象了吗？"

多儿点点头。两个眼角里，像两朵小小的红云，飘来飘去。

"是谁？"

多儿把书合起，爬下炕去跑了。

二姐追出去把她拉了回来：

“你说出来！大家品评品评！”

“这是叫你审官司呀？就是大官亭的刘德发！”多儿说。说完就伏在炕上不动了。

四

“德发呀！”娘和两个姐姐全赞成。德发是大官亭新农会的副主席。二姐说：“你们想必是开会认识的。”

“区长给介绍的。”多儿低声说。

“大家定了日子没有？”

“就在今年正月里。”

“嗨！这么慌促了，你还装没事人，你这孩子！快核计核计吧！看该添什么东西，我去给你买去！”大姐嚷着说，“可不要像我那个时候，咱娘只给买了一个小梳头匣儿，就打发着走！”

二姐说：

“你还有个梳头匣，我连那个也没有，娶过去，应名是新媳妇，一见人就害臊。人家地主富农的闺女们，穿的什么，戴的什么，不敢和人家一块去赴席，心里多难过！眼下，我们翻了身，也得势派势派！三妹子，你说吧，要什么缎的，要什么花的，我们贫农团就要分果实了，我去挑几件，给你填填箱！”

娘说：

“这村也快分了，你该去挑对花瓶大镜子，再要个洋瓷洗脸盆，我就是希罕那么个大花盆！”

多儿说：

“你们说的那些东西，我都不要，现在我们翻身了，生产第一要紧。我们这里有张机子，是从高阳那里兴过来的，一天能卸两个布，号价七十万，我想卖了咱这张旧机子，买了那张新机子，钱还是不够，你们要愿意帮助我，就一个人给我添十万块钱吧！”

两个姐姐说：“回去就拿钱来。”

五

可是一提卖这张旧机子，娘不乐意。她说：

“这是我从你姥姥手里得来的家业过活，跟了我几十年，全凭它把你们养大成人，不能把它卖了，我舍不得它！”

“这就是娘的顽固落后，”多儿说，“旧的不去，新的不来呀！”

“新的，我就不戴见那些新的，你会使吗？买来放着看样呀？还不如旧的办事哩！”娘说。

“不会使，学呀，”多儿笑着说，“我们什么学不会？从前，我们会打日本吗？会斗地主吗？不全是学会的？”

“你巧，你学得会，我老手老脚，又叫我像小孩子一样，去学新鲜，我不学！”

“娘就是这样保守。好像舍不得你这穷日子似的，什么也不愿意换，往后有了好房子住，你还舍不得离开我们这小破北屋哩！”多儿说着又笑了。

“他妈的！”娘说，“我这小破北屋怎么了？没有这小破北屋，还养不下你个小杂种来哩！”

“怎么样？”多儿拍着手，“说着你就来了，不是？”

什么时候娘也说不过女儿，到底是依了她。第二天，多儿叫来几个一头儿的小姑娘们，把旧机子抬到集上卖了，又去买了那张新机子，抬回家里来。她把里屋外间，好好打扫了一番，才把这心爱的东西，请进屋里去，把四条腿垫平，围着它转了有十来个遭儿。

小屋里放上这张新机子，就好像过去有两个不幸福的姐姐，现在有了幸福的妹妹。它使这小屋的空气改变了，小屋活泼起来，浮着欢笑。

多儿对娘说：

“什么也在这张机子上，头过门，我要织成二十一个白布。把布卖了，赚来的钱，就陪送我，娘什么也不用管。”

娘帮她浆线落线。她每天坐在机子上，连吃饭也不下来。她穿的干干净净，头发梳得光亮。在结婚以前，为什么一个女孩子的头发变得那样黑，脸为什么老是红着？她拉动机子，白布在她的胸前卷出来，像小山顶的瀑布。她的头微微歪着，身子上下颤动，嘴角上挂着猜不透的笑。挺拍挺拍，挺拍挺拍，机子的响动就是她那心的声音。

这真是幸福的劳动。她织到天黑，又挂上小小的油灯，油灯擦得很亮。在冀中平原，冬天实际上已经过去，现在，可以听到村边小河里的冰块融解破碎的声音。

她织成了二十一个布，随后，她剪裁了出嫁的衣服和鞋面。

她坐在小院里做活，只觉得太阳照得她浑身发热。她身后有一棵幼小时候在麦地锄回来的小桃树，和她一般高。冬天，她给它包上干草涂抹上泥，现在她把泥草解开，把小桃树扶了出来。

春天过早挑动了小桃树，小桃树的嫩皮已经发紫，有一层绿色的水浆，在枝脉里流动。

六

从腊月到正月，这一段日子过得特别快，明天就是正月十五，多儿的喜日了。

多儿把小院里打扫干净，就在屋里藏起来。

这天，赶上小区在这村里召开联席会，各村的代表全来了，问题讨论完了，区长问：

“各村里，还有事没有？”

大官亭的代表是个老头，说：

“小官亭的代表先别走，有个事和你商量一下。”

小官亭的代表是个女的，就说：

“同志，你有什么问题，就提出来大家讨论吧！”

“不碍别村的事，”大官亭的代表说，“光我们两个人商量一下，就能办事！”

人们刚爬下炕来，各人找寻各人的鞋，准备回去，一听他说得有趣，就哄的一声笑起来。

大官亭的代表说：

“你们别笑，我说的是正经事，你知道我们副主席刘德发吧？”

“知道啊！”小官亭的代表说，“他不是寻了我们妇女部长小多儿吗？”

“对呀！”大官亭的老头说，“他们明天就过事，我们贫农团叫我代表，向你提出来，这件亲事，我们要热闹热闹！”

“你们怎么计划的呀？”小官亭的代表问。

“我们也没什么，我们是预备动员贫农团全体车辆，村剧团的鼓乐，高级班的秧歌。事先通知你们一声，别弄得你们措手不及！”

“哈！”小官亭的女代表说，“你别小看我们，我们村子小是情真，人可见过世面，你们来吧，我们拉不了趟！”

“那就好。”大官亭的代表说，“你们预备几辆大车送亲？”

“别觉着你们大官亭车马多！”女代表的脸红了一下。

区长说：

“过事么，是该热闹热闹，不过不能浪费。”

“一点也不浪费，”大官亭的代表说，“正月里没事，人马闲着也是闲着，再说，我们倒是有花轿官轿，我们不用那个，改用骑马，我们嫌那个封建！”

七

第二天，就是好日子。天空上只有两朵白云，它们飘过来，前后追赶着，并排浮动着；阳光照着它们，它们叠在一起，变得浓厚，变得沉重，要滴落下来的样子。

大官亭的礼炮一响，小官亭的人们就忙起来，女代表同鼓乐队赶紧到村口去迎接。大官亭的人马真多，头车来到了，尾车还留在大官亭街里。两个村的鼓乐队到了一处，就对敲起来，你一套我一套，没有个完。两个村的小学生混到一块跳起来，小花鞋尖踢起土来，小红脸蛋上流着汗。

多儿的两个姐姐，今天全打扮得很整齐，像护驾的官员，把穿着一身大红的多儿扶到马上去。多儿拉住缰绳，就叫她们闪开了。

区长登在高凳上讲话，他庆贺着新郎新妇和两个村庄的翻身农民。

吹吹打打，把多儿娶走了。

在路上，多儿骑的小红马追到前头去，她拉也拉不住。小红马用头一顶德发那匹大青马，大青马吃了一惊，尥了一个蹶子就跑起来。两匹马追着跑，并排着跑，德发身上披的红绸搅在多儿的腰里，扯也扯不开。

1950 年 2 月

图书在版编目（CIP）数据

孙犁·诗意小说/ 孙犁著；郭志刚编. -- 上海：上海文艺出版社, 2018

（新文艺·中国现代文学大师读本）

ISBN 978-7-5321-6813-2

Ⅰ.①孙… Ⅱ.①孙… ②郭… Ⅲ.①短篇小说－小说集－中国－当代

Ⅳ.①I247.7

中国版本图书馆CIP数据核字(2018)第205763号

发 行 人：陈　征

责任编辑：徐晓倩

美术编辑：周志武

封面设计：梁业礼

书　　名：孙犁·诗意小说

作　　者：孙犁

编　　者：郭志刚

出　　版：上海世纪出版集团　上海文艺出版社

地　　址：上海绍兴路7号　200020

发　　行：上海文艺出版社发行中心

上海市绍兴路50号　200020　www.ewen.co

印　　刷：上海盛通时代印刷有限公司

开　　本：850×1168 1/32

印　　张：6.875

插　　页：2

字　　数：121,000

印　　次：2018年9月第1版 2018年9月第1次印刷

I S B N：978-7-5321-6813-2/I·5439

定　　价：25.00元

告 读 者：如发现本书有质量问题请与印刷厂质量科联系　T: 021-37910000